U0010537

圖解韓語
基本 2000 字

郭修蓉 ◎ 著
Jessica Guo

晨星出版

目次

● 作者序

在多年的韓語教學生涯中，看到太多學習者為了背單字這件事情感到痛苦，因而策畫了此本圖解單字書。比起用抽象的方式死記死背，透過圖片用直觀、自然的方式去吸收，學習單字更有效率。書中生動的畫風讓學習者只要看一眼，單字就會銘刻在腦海裡。

此書收錄了韓國人生活中一定會接觸到的日常事物，例如奧斯卡最佳影片《寄生上流》裡出現過的「반지하 半地下」建築、製作韓國泡菜時絕對少不了的「항아리 甕」、每個家庭室內必備的「빨래건조대 曬衣架」，以及天氣太乾燥時調節濕度用的「가습기 加濕器」，這些單字都更能讓讀者從中體驗韓國獨有的文化。

為了完成一本書，除了作者之外，背後其實還有很多人一同努力著，在此我向晨星出版團隊以及給予我無限支持與力量的粉絲表達感謝之意。也願每位讀者都能透過此書，以不費吹灰之力的方式、輕輕鬆鬆提升韓語詞彙能力。

郭修蓉

● 羅馬拼音對照表

ㅏ	ㅓ	ㅗ	ㅜ	ㅡ	ㅣ	ㅐ	ㅔ	ㅚ	ㅟ
a	eo	o	u	eu	i	ae	e	oe	wi

ㅑ	ㅕ	ㅛ	ㅠ	ㅒ	ㅖ	ㅘ	ㅝ	ㅙ	ㅞ	ㅢ
ya	yeo	yo	yu	yae	ye	wa	wo	wae	we	ui

ㄱ	ㄴ	ㄷ	ㄹ	ㅁ	ㅂ	ㅅ
g/k	n	d/t	r/l	m	b/p	s

ㅇ	ㅈ	ㅊ	ㅋ	ㅌ	ㅍ	ㅎ
ng	j	ch	k	t	p	h

ㄲ	ㄸ	ㅃ	ㅆ	ㅉ
kk	tt	pp	ss	jj

音檔使用說明

1

手機收聽
1. 奇數頁（例如第 15 頁）的頁碼旁都附有 **MP3 QR Code** ◀------
2. 用 APP 掃描就可立即收聽該跨頁（第 14 頁和第 15 頁）的雲端
   音檔，掃描第 17 頁的 QR 則可收聽第 16 頁和第 17 頁……

2

電腦收聽、下載
1. 手動輸入網址＋奇數頁頁碼即可收聽該跨頁音檔，按右鍵則可另存
   新檔下載
   http://epaper.morningstar.com.tw/mp3/0170021/audio/**015**.mp3
2. 如想收聽、下載不同跨頁的音檔，請修改網址後面的奇數頁頁碼即
   可，例如：
   http://epaper.morningstar.com.tw/mp3/0170021/audio/**017**.mp3
   http://epaper.morningstar.com.tw/mp3/0170021/audio/**019**.mp3
   　　　　　　　　　　　　　　　　　　　　　依此類推……
3. 建議使用瀏覽器：Google Chrome、Firefox

讀者限定無料

內容說明
1. 全書音檔大補帖
2. 電子版「單字速查索引」

下載方法（請使用電腦操作）

1. 尋找密碼：請翻到本書第 115 頁，找出第 1 個單字的中文
2. 進入網站：https://reurl.cc/bn9GyM（輸入時請注意大小寫）
3. 填寫表單：依照指示填寫基本資料與下載密碼
   E-mail 請務必正確填寫，萬一連結失效才能寄發資料給您！
4. 一鍵下載：送出表單後點選連結網址，即可下載。

01 人物 인물 in-mul

1-1 家族 가족 ga-jok

할아버지	ha-ra-beo-ji	爺爺
할머니	hal-meo-ni	奶奶
외할아버지	oe-ha-ra-beo-ji	外公
외할머니	oe-hal-meo-ni	外婆
장인어른	jang-i-neo-reun	岳父
장모님	jang-mo-nim	岳母
시아버지	si-a-beo-ji	公公
시어머니	si-eo-meo-ni	婆婆
아들	a-deul	兒子
며느리	myeo-neu-ri	兒媳
딸	ttal	女兒
사위	sa-wi	女婿
아빠 (아버지)	a-ppa (a-beo-ji)	爸爸（父親）
엄마 (어머니)	eom-ma (eo-meo-ni)	媽媽（母親）
손자	son-ja	孫子
손녀	son-nyeo	孫女
언니	eon-ni	姊姊 （女性稱呼）
오빠	o-ppa	哥哥 （女性稱呼）
누나	nu-na	姊姊 （男性稱呼）
형	hyeong	哥哥 （男性稱呼）

나	na	我
아내	a-nae	妻子
남편	nam-pyeon	丈夫
남동생	nam-dong-saeng	弟弟
여동생	yeo-dong-saeng	妹妹
형제	hyeong-je	兄弟
자매	ja-mae	姊妹
남매	nam-mae	兄妹、姊弟
쌍둥이	ssang-dung-i	雙胞胎
큰아버지	keu-na-beo-ji	伯伯
큰어머니	keu-neo-meo-ni	伯母
작은아버지	ja-geu-na-beo-ji	叔叔
작은어머니	ja-geu-neo-meo-ni	嬸嬸
외삼촌	oe-sam-chon	舅舅
외숙모	oe-sung-mo	舅媽
고모	go-mo	姑姑
고모부	go-mo-bu	姑丈
이모	i-mo	阿姨
이모부	i-mo-bu	姨丈

기상
gi-sang (N.)／起床

양치
yang-chi (N.)／刷牙

세수
se-su／洗臉

아침 식사
a-chim sik-sa
早餐

등교
deung-gyo
上學

점심 식사
jeom-sim sik-sa
午餐

하교
ha-gyo／放學

청소
cheong-so
打掃

저녁 식사
jeo-nyeok sik-sa
晚餐

숙제
suk-je／作業

목욕
mo-gyok
洗澡

취침
chwi-chim／睡覺

單字補充

일어나다 i-reo-na-da (V.)／起床

이를 닦다 i-reul dak-da (V.)／刷牙

일하다 il-ha-da／工作

아르바이트하다 a-reu-ba-i-teu-ha-da／打工

공부하다 gong-bu-ha-da／讀書

텔레비전을 보다 tel-le-bi-jeo-neul bo-da／看電視

운동하다 un-dong-ha-da／運動

집안일하다 ji-ban-nil-ha-da／做家事

설거지하다 seol-geo-ji-ha-da／洗碗

빨래하다 ppal-lae-ha-da／洗衣服

장을 보다 jang-eul bo-da／上市場買東西

쇼핑하다 syo-ping-ha-da／逛街

요리하다 yo-ri-ha-da／煮菜

활발하다
hwal-bal-ha-da／活潑

점잖다
jeom-jan-ta／斯文

조용하다
jo-yong-ha-da／安靜

자상하다
ja-sang-ha-da／貼心

외향적이다
oe-hyang-jeo-gi-da
外向

꼼꼼하다
kkom-kkom-ha-da
細心

내성적이다
nae-seong-jeo-gi-da
內向

까다롭다
kka-da-rop-da／龜毛

유머러스하다
yu-meo-reo-seu-ha-da
有幽默感

부지런하다
bu-ji-reon-ha-da／勤勞

게으르다
ge-eu-reu-da／懶惰

고집이 있다
go-ji-bi it-da／固執

멍청하다
meong-cheong-ha-da
愚笨

똑똑하다
ttok-tto-ka-da／聰明

착하다
cha-ka-da
善良

못되다
mot-doe-da
邪惡

예민하다
ye-min-ha-da／敏感

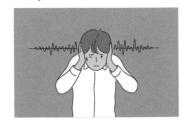

겁이 많다
geo-bi　man-ta／膽小

거만하다
geo-man-ha-da
高傲

겸손하다
gyeom-son-ha-da／謙虛

용감하다
yong-gam-ha-da／勇敢

친절하다
chin-jeol-ha-da
親切

불친절하다
bul- chin-jeol-ha-da
不親切

소심하다
so-sim-ha-da
謹慎、小心

재미있다
jae-mi-it-da
有趣

기쁘다
gi-ppeu-da
開心

화나다
hwa-na-da／生氣

즐겁다
jeul-geop-da／快樂

실망하다
sil-mang-ha-da／失望

부럽다
bu-reop-da
／羨慕

무섭다
mu-seop-da／害怕

긴장하다
gin-jang-ha-da
緊張

재미없다
jae-mi-eop-da／無聊

놀라다
nol-la-da／驚嚇

피곤하다
pi-gon-ha-da
疲勞

걱정하다
geok-jeong-ha-da
擔心

單字補充

불안하다 bu-ran-ha-da／不安

질투하다
jil-tu-ha-da／忌妒

창피하다
chang-pi-ha-da
丟臉

외롭다
oe-rop-da／寂寞

행복하다
haeng-bo-ka-da／幸福

부끄럽다
bu-kkeu-reop-da
害羞

우울하다
u-ul-ha-da／憂鬱

복잡하다
bok-ja-pa-da
複雜

반갑다
ban-gap-da
高興

신기하다
sin-gi-ha-da
神奇

감동하다
gam-dong-ha-da／感動

그립다
geu-rip-da
懷念

안심하다
an-sim-ha-da
安心

슬프다
seul-peu-da
難過

조종사
jo-jong-sa
飛行駕駛員

승무원
seung-mu-won
空服員

약사
yak-sa／藥師

간호사
gan-ho-sa／護士

경찰
gyeong-chal
警察

군인
gu-nin
軍人

의사
ui-sa
醫生

소방관
so-bang-gwan
消防員

디자이너
di-ja-i-neo／設計師

요리사
yo-ri-sa／廚師

공무원
gong-mu-won
公務員

주부
ju-bu／家庭主婦

가이드
ga-i-deu／導遊

회사원
hoe-sa-won／上班族

판사
pan-sa／法官

변호사
byeon-ho-sa
律師

검사
geom-sa
檢察官

연예인
yeo-nye-in／藝人

모델
mo-del
模特兒

가수
ga-su／歌手

교수
gyo-su／教授

선생님
seon-saeng-nim／老師

배우
bae-u／演員

학생 hak-saeng／學生

고등학생
go-deung-hak-saeng／高中生

중학생
jung-hak-saeng／國中生

초등학생
cho-deung-hak-saeng
小學生

대학생
dae-hak-saeng
大學生

人生經驗 인생 경험
in-saeng gyeong-heom

태어나다
tae-eo-na-da／出生

입학하다
i-pa-ka-da／入學

졸업하다
jo-reo-pa-da／畢業

고백하다
go-bae-ka-da／告白

연애하다
yeo-nae-ha-da
談戀愛

헤어지다
he-eo-ji-da／分手

결혼하다
gyeol-hon-ha-da
結婚

사귀다
sa-gwi-da／交往

출산하다
chul-san-ha-da／生育

이혼하다
i-hon-ha-da／離婚

승진하다
seung-jin-ha-da／升遷

취직하다
chwi-ji-ka-da
就職

입대하다
ip-dae-ha-da
入伍

은퇴하다
eun-toe-ha-da
退休

죽다
juk-da／死亡

單字補充

제대하다 je-dae-ha-da／退伍

02 人體 인체 in-che

2-1 臉的特徵 얼굴 특징 eol-gul teuk-jing

흉터
hyung-teo
疤痕

보조개
bo-jo-gae
酒窩

주름
ju-reum／皺紋

홍조
hong-jo
泛紅

점
jeom
痣

수염
su-yeom／鬍子

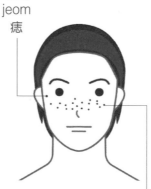

여드름
yeo-deu-reum／青春痘

주근깨
ju-geun-kkae／雀斑

계란형
gye-ran-hyeon
鵝蛋臉

역삼각형
yeok-sam-ga-kyeong
倒三角臉

각진형
gak-jin-hyeong
方臉

둥근형
dung-geun-hyeong
圓臉

쌍꺼풀
ssang-kkeo-pul／雙眼皮

외까풀
oe-kka-pul／單眼皮

2-2 外貌 외모 oe-mo

촌스럽다
chon-seu-reop-da
俗氣

귀엽다
gwi-yeop-da
可愛

청순하다
cheong-sun-ha-da
清純

세련되다
se-ryeon-doe-da
時尚

날카롭다
nal-ka-rop-da
尖銳（形容人長得「有稜有角」）

못생기다
mot-saeng-gi-da／醜

예쁘다
ye-ppeu-da
漂亮

평범하다
pyeong-beom-ha-da
平凡

잘생기다／멋있다
jal-saeng-gi-da／meo-sit-da
英俊

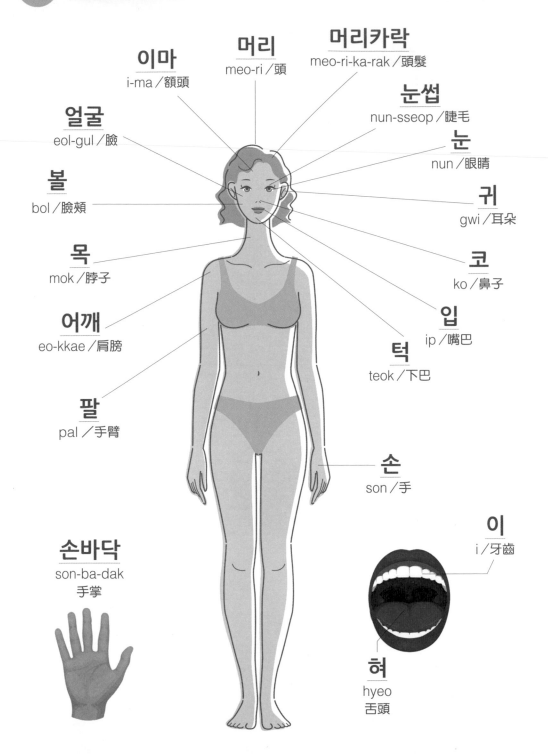

이마
i-ma／額頭

머리
meo-ri／頭

머리카락
meo-ri-ka-rak／頭髮

눈썹
nun-sseop／睫毛

눈
nun／眼睛

얼굴
eol-gul／臉

귀
gwi／耳朵

볼
bol／臉頰

목
mok／脖子

코
ko／鼻子

입
ip／嘴巴

어깨
eo-kkae／肩膀

턱
teok／下巴

팔
pal／手臂

손
son／手

이
i／牙齒

손바닥
son-ba-dak
手掌

혀
hyeo
舌頭

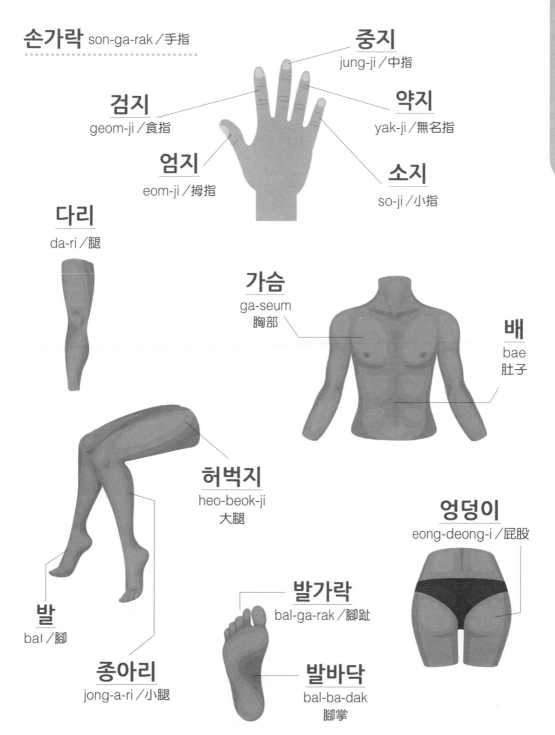

손가락 son-ga-rak／手指

중지 jung-ji／中指

검지 geom-ji／食指

약지 yak-ji／無名指

엄지 eom-ji／拇指

소지 so-ji／小指

다리 da-ri／腿

가슴 ga-seum 胸部

배 bae 肚子

허벅지 heo-beok-ji 大腿

엉덩이 eong-deong-i／屁股

발 bal／腳

발가락 bal-ga-rak／腳趾

발바닥 bal-ba-dak 腳掌

종아리 jong-a-ri／小腿

뚱뚱하다
ttung-ttung-ha-da／胖的

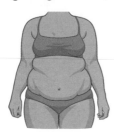

날씬하다
nal-ssin-ha-da／苗條的

왜소하다
woe-so-ha-da／矮小的

통통하다
tong-tong-ha-da／肉肉的

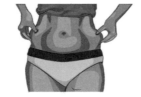

키가 작다
ki-ga jak-da
個子矮的

근육이 있다
geu-nyu-gi it-da／有肌肉的

체격이 좋다
che-gyeo-gi jo-ta／體格好的

키가 크다
ki-ga keu-da
個子高的

어깨가 좁다
eo-kkae-ga jop-da
肩膀窄的

어깨가 넓다
eo-kkae-ga neol-da
肩膀寬的

간
gan／肝

갑상선
gap-sang-seon／甲狀腺

뇌
noe／腦

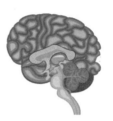

폐
pye／肺

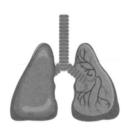

심장
sim-jang／心臟

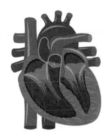

신장
sin-jang／腎

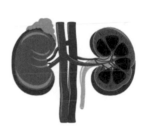

방광
bang-gwang／膀胱

대장
dae-jang／大腸

위
wi／胃

소장
so-jang／小腸

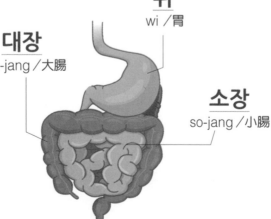

單字補充

식도 sik-do／食道

03 頭髮 머리 meo-ri

3-1 髮型種類 헤어 스타일 종류 he-eo seu-ta-il jong-nyu

숏커트
syot-keo-teu／超短髮

단발
dan-bal／短髮

장발
jang-bal／長髮

생머리
saeng-meo-ri／直髮

앞머리
am-meo-ri／瀏海

땋은 머리
tta-eun meo-ri／辮子

곱슬머리
gop-seul-meo-ri
自然捲

가르마
ga-reu-ma／髮線

양 갈래
yang gal-lae／雙馬尾

포니테일
po-ni-te-il／馬尾

올백
ol-baek
背頭（露額頭的髮型）

3-2 髮型相關動詞 헤어 스타일 관련 동사
he-eo seu-ta-il gwal-lyeon dong-sa

머리를 자르다
meo-ri-reul ja-reu-da／剪頭髮

파마하다
pa-ma-ha-da／燙頭髮

탈모
tal-mo／禿頭

머리숱을 치다
meo-ri-su-teul chi-da／打薄

머리를 빗다
meo-ri-reul bit-da
梳頭髮

염색하다
yeom-sae-ka-da
染頭髮

드라이하다
deu-ra-i-ha-da
吹頭髮

머릿결이 상하다
meo-rit-gyeo-ri sang-ha-da
傷髮質

삭발하다
sak-bal-ha-da／剃頭

머리가 빠지다
meo-ri-ga ppa-ji-da
掉頭髮

3-3 **美髮用品** 헤어 용품 he-eo yong-pum

머리핀
meo-ri-pin／髮夾

왁스
wak-seu／髮蠟

헤어롤
he-eo-rol／髮捲

헤어 젤
he-eo jel／髮膠

헤어 스프레이
he-eo seu-peu-re-i
定型噴霧

머리끈
meo-ri-kkeun
髮帶

무스
mu-seu
定型慕斯

머리띠
meo-ri-tti
髮箍

염색약
yeom-saeng-nyak
染髮劑

고데기
go-de-gi
捲髮棒

빗
bit
梳子

가발
ga-bal
假髮

헤어 오일
he-eo o-il
髮油

04 數字 숫자 sut-ja

4-1 純韓文數字（固有語）고유어 go-yu-eo

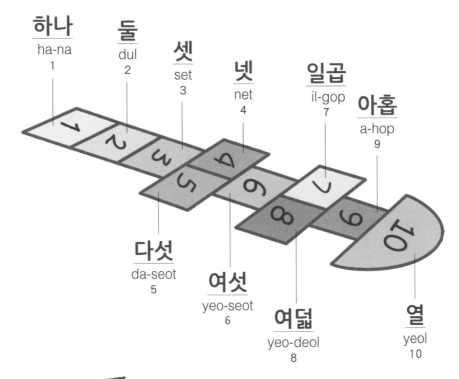

하나 ha-na 1
둘 dul 2
셋 set 3
넷 net 4
일곱 il-gop 7
아홉 a-hop 9
다섯 da-seot 5
여섯 yeo-seot 6
여덟 yeo-deol 8
열 yeol 10

單字補充

스물 seu-mul ／20
서른 seo-reun ／30
마흔 ma-heun ／40
쉰 swin ／50
예순 ye-sun ／60

일흔 il-heun ／70
여든 yeo-deun ／80
아흔 a-heun ／90
온 on ／100

※100的純韓文數字온現代已不再使用，改成以下一頁的漢字音數字백為主

공 gong
영 yeong
0

일 il 1

이 i 2

삼 sam 3

사 sa 4

오 o 5

육 yuk 6

칠 chil 7

팔 pal 8

구 gu 9

單字補充

십	sip／10	칠십	chil-sip／70
이십	yi-sip／20	팔십	pal-sip／80
삼십	sam-sip／30	구십	gu-sip／90
사십	sa-sip／40	백	baek／100
오십	o-sip／50	천	cheon／1000
육십	yuk-sip／60	만	man／10000

일 월	il wol	一月	매주	mae-ju	每週
이 월	i wol	二月	지난달	ji-nan-dal	上個月
삼 월	sam wol	三月	이번 달	i-beon dal	這個月
사 월	sa wol	四月	다음 달	da-eum dal	下個月
오 월	o wol	五月	매달	mae-dal	每個月
유 월	yu wol	六月			
칠 월	chil wol	七月	월요일	wo-ryo-il	星期一
팔 월	pal wol	八月	화요일	hwa-yo-il	星期二
구 월	gu wol	九月	수요일	su-yo-il	星期三
시 월	si wol	十月	목요일	mo-gyo-il	星期四
십일 월	si-bil wol	十一月	금요일	geu-myo-il	星期五
십이 월	si-bi wol	十二月	토요일	to-yo-il	星期六
			일요일	i-ryo-il	星期日

작년	jang-nyeon	去年
올해	ol-hae	今年
내년	nae-nyeon	明年
매년	mae-nyeon	每年

그제	geu-je	前天
어제	eo-je	昨天
오늘	o-neul	今天
내일	nae-il	明天
모레	mo-re	後天
지난주	ji-nan-ju	上週
이번 주	i-beon ju	本週
다음 주	da-eum ju	下週

새벽	sae-byeok	清晨
낮	nat	白天
아침	a-chim	早上
점심	jeom-sim	中午
저녁	jeo-nyeok	晚上
밤	bam	夜晚
오전	o-jeon	上午
오후	o-hu	下午
자정	ja-jeong	子夜

morning

noon

evening

night

시 si／點（時） **분** bun／分 **초** cho／秒

한 시	han si	一點
두 시	du si	兩點
세 시	se si	三點
네 시	ne si	四點
다섯 시	da-seot si	五點
여섯 시	yeo-seot si	六點
일곱 시	il-gop si	七點
여덟 시	yeo-deol si	八點
아홉 시	a-hop si	九點
열 시	yeol si	十點
열한 시	yeol-han si	十一點
열두 시	yeol-du si	十二點

영수증
young-su-jeung
收據

체크 카드
che-keu ka-deu
金融卡

교통카드
gyo-tong-ka-deu
交通票卡

동전
dong-jeon
硬幣

상품권
sang-pum-gwon／禮券

지폐
ji-pye
紙鈔

수표
su-pyo
支票

신용 카드
si-nyong ka-deu
信用卡

05　世界 세계 se-gye

5-1 世界地圖 세계 지도 se-gye ji-do

북아메리카
bu-ga-me-ri-ka／北美洲

유럽
yu-reop／歐洲

아시아
a-si-a／亞洲

오세아니아
o-se-a-ni-a
大洋洲

남아메리카
na-ma-me-ri-ka
南美洲

아프리카
a-peu-ri-ka／非洲

남극 대륙
nam-geuk dae-ryuk
南極洲

대서양
dae-seo-yang／大西洋

북극해
buk-geu-kae／北冰洋 (北極洋)

태평양
tae-pyeong-yang
太平洋

태평양
tae-pyeong-yang
太平洋

인도양
in-do-yang
印度洋

남극해
nam-geu-kae／南冰洋 (南極洋)

한국
han-guk／韓國

일본
il-bon／日本

중국
jung-guk／中國

대만
dae-man／臺灣

필리핀
pil-li-pin／菲律賓

태국
tae-guk／泰國

싱가포르
sing-ga-po-reu／新加坡

말레이시아
mal-le-i-si-a／馬來西亞

인도네시아
in-do-ne-si-a／印尼

베트남
be-teu-nam／越南

몽골
mong-gol／蒙古

인도
in-do／印度

미얀마
mi-yan-ma／緬甸

네팔
ne-pal／尼泊爾

라오스
la-o-seu／寮國

이란
i-ran／伊朗

독일
do-gil／德國

프랑스
peu-rang-seu／法國

이탈리아
i-tal-li-a／義大利

스위스
seu-wi-seu／瑞士

스페인
seu-pe-in／西班牙

영국
yeong-guk／英國

그리스
geu-ri-seu／希臘

러시아
reo-si-a／俄羅斯

헝가리
heong-ga-ri／匈牙利

핀란드
pil-lan-deu／芬蘭

폴란드
pol-lan-deu／波蘭

네덜란드
ne-deol-lan-deu／荷蘭

포르투갈
po-reu-tu-gal／葡萄牙

스웨덴
seu-we-den／瑞典

덴마크
den-ma-keu／丹麥

非洲國家 아프리카 국가
a-peu-ri-ka guk-ga

남아프리카공화국
na-ma-peu-ri-ka-gong-hwa-guk
南非共和國

마다가스카르
ma-da-ga-seu-ka-reu
馬達加斯加

모리셔스
mo-ri-syeo-seu
模里西斯

가나
ga-na
迦納

이집트
i-jip-teu
埃及

케냐
ke-nya
肯亞

모로코
mo-ro-ko
摩洛哥

에티오피아
e-ti-o-pi-a
衣索比亞

소말리아
so-mal-li-a
索馬利亞

알제리
al-je-ri
阿爾及利亞

르완다
reu-wan-da
盧安達

잠비아
jam-bi-a
尚比亞

쿠바
ku-ba
古巴

칠레
chil-le
智利

멕시코
mek-si-ko
墨西哥

콜롬비아
kol-lom-bi-a
哥倫比亞

브라질
beu-ra-jil
巴西

페루
pe-ru
祕魯

아르헨티나
a-reu-hen-ti-na
阿根廷

파나마
pa-na-ma
巴拿馬

北美洲國家 북미 국가 bung-mi guk-ga

미국
mi-guk
美國

캐나다
kae-na-da
加拿大

大洋洲國家 오세아니아 국가 o-se-a-ni-a guk-ga

뉴질랜드
nyu-jil-laen-deu
紐西蘭

호주
ho-ju
澳洲

피지
pi-ji
斐濟

팔라우
pal-la-u
帛琉

06 地點 / 場所 장소 jang-so

6-1 各種場所 각종 장소 gak-jong jang-so

학교
hak-gyo
學校

도서관
do-seo-gwan
圖書館

주차장
ju-cha-jang
停車場

백화점
bae-kwa-jeom
百貨公司

서점
seo-jeom
書局

우체국
u-che-guk
郵局

화장실
hwa-jang-sil
洗手間

공항
gong-hang
機場

회사
hoe-sa／公司

집
jip／家

미술관
mi-sul-gwan
美術館

주유소
ju-yu-so
加油站

박물관
bang-mul-gwan
博物館

미용실
mi-yong-sil
美容院

영화관
yeong-hwa-gwan ／電影院

놀이공원
no-ri-gong-won ／遊樂園

공원
gong-won
公園

경찰서
gyeong-chal-seo
警察局

빵집
ppang-jip
麵包店

식당
sik-dang
餐廳

병원
byeong-won
醫院

單字補充

편의점 pyeo-nui-jeom ／超商
마트 ma-teu ／超市
가게 ga-ge ／商店
대사관 dae-sa-gwan ／大使館

냉동식품
naeng-dong-sik-pum
冷凍食品

통조림류
tong-jo-rim-nyu
罐頭類

간식류
gan-sing-nyu
零食類

세면 용품
se-myeon yong-pum／盥洗用品

농산물
nong-san-mul
農產品

1,50

乳製品 유제품 yu-je-pum

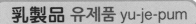

연유
yeo-nyu
煉乳

요거트
yo-geo-teu／優格

치즈
chi-jeu／乳酪

우유
u-yu／牛奶

요구르트
yo-gu-reu-teu
養樂多

두유
du-yu／豆奶（韓式豆漿）

穀物 곡물 gong-mul

쌀
ssal／米

콩
kong／豆

보리
bo-ri／大麥

율무
yul-mu／薏仁

현미
hyeon-mi／玄米

堅果類 견과류 gyeon-gwa-ryu

잣
jat／松子

해바라기씨
hae-ba-ra-gi-ssi
葵瓜子

아몬드
a-mon-deu
杏仁

호박씨
ho-bak-ssi
南瓜子

땅콩
ttang-kong／花生

호두
ho-du／核桃

캐슈넛
kae-syu-neot／腰果

피칸
pi-kan／胡桃

피스타치오
pi-seu-ta-chi-o／開心果

마카다미아
ma-ka-da-mi-a／夏威夷果

오징어
o-jing-eo
魷魚

낙지
nak-ji
章魚

랍스터
rap-seu-teo
龍蝦

새우
sae-u
蝦

게
ge
蟹

성게
seong-ge
海膽

굴
gul
牡蠣

종이봉투
jong-i-bong-tu
紙袋

장바구니
jang-ba-gu-ni
購物籃

카트
ka-teu
推車

06 地點／場所 장소 jang-so

肉類 육류 yung-nyu

돼지고기
dwae-ji-go-gi
豬肉

양고기
yang-go-gi
羊肉

닭고기
dak-go-gi
雞肉

소고기
so-go-gi
牛肉

햄
haem
火腿

소시지
so-si-ji
香腸

베이컨
be-i-keon
培根

비닐봉지
bi-nil-bong-ji
塑膠袋

생수
saeng-su
礦泉水

계산원
gye-sa-nwon
收銀員

국제선
guk-je-seon／國際線

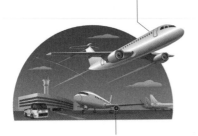

탑승 수속
tap-seung su-sok
登機手續

국내선
gung-nae-seon／國內線

키오스크
ki-o-seu-keu／自助服務機

위탁 수하물
wi-tak su-ha-mul
託運行李

세관
se-gwan
海關

탑승권
tap-seung-gwon
登機證

여권
yeo-gwon
護照

출국 심사
chul-guk sim-sa
出境審查

비자
bi-ja
簽證

입국 심사
ip-guk sim-sa
入境審查

탑승구
tap-seung-gu
登機口

면세점
myeon-se-jeom
免稅店

單字補充

입국신고서 ip-guk-sin-go-seo／入境卡	출국 chul-guk／出境
항공사 hang-gong-sa／航空公司	입국 ip-guk／入境

메뉴판
me-nyu-pan／菜單

계산서
gye-san-seo／帳單

숟가락
sut-ga-rak／湯匙

일회용 젓가락
il-hoe-yong jeot-ga-rak
免洗筷

휴지
hyu-ji／衛生紙

젓가락
jeot-ga-rak
筷子

그릇
geu-reut／碗

손님
son-nim
客人

종업원
jong-eo-bwon
服務生

컵
keop／杯子

접시
jeop-si／碟子

06

地點／場所 장소 jang-so

종이컵
jong-i-keop
紙杯

이쑤시개
i-ssu-si-gae
牙籤

물티슈
mul-ti-syu
濕紙巾

반찬
ban-chan
小菜

정수기
jeong-su-gi
飲水機

계산대
gye-san-dae
結帳櫃檯

單字補充

예약하다 ye-ya-ka-da ／訂位	**도시락** do-si-rak ／便當
주문하다 ju-mun-ha-da ／點餐	**무한 리필** mu-han ri-pil ／吃到飽、無限續吃
포장하다 po-jang-ha-da ／打包、外帶	**세트 메뉴** se-teu me-nyu ／套餐
뷔페 bwi-pe ／自助餐	**더치페이하다** deo-chi-pe-i-ha-da ／各付各

인쇄기
in-soe-gi
印表機

종이
jong-i / 紙

파일
pa-il
資料夾

서류
seo-ryu
文件

압정
ap-jeong
圖釘

고무줄
go-mu-jul
橡皮筋

스테이플러
seu-te-i-peul-leo
釘書機

연필꽂이
yeon-pil-kko-ji
筆筒

메모지
me-mo-ji
便條紙

수첩
su-cheop
小冊子

탁상 달력
tak-sang dal-lyeok
桌曆

커피포트
keo-pi-po-teu
咖啡壺

파쇄기
pa-soe-gi
碎紙機

컴퓨터
keom-pyu-teo／電腦

모니터
mo-ni-teo
螢幕

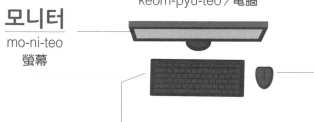

마우스
ma-u-seu
滑鼠

키보드
ki-bo-deu／鍵盤

사장님
sa-jang-nim／社長

사무용 의자
sa-mu-yong ui-ja
辦公椅

회의실
hoe-ui-sil
會議室

동료
dong-nyo
同事

紀念品店 기념품 가게
gi-nyeom-pum ga-ge

향초
hyang-cho
香氛蠟燭

인형
in-hyeong
娃娃

촛대
chot-dae
蠟燭台

책갈피
chaek-gal-pi
書籤

손수건
son-su-geon
手帕

에코백
e-ko-baek
帆布袋

열쇠고리
yeol-soe-go-ri
鑰匙圈

엽서
yeop-seo
明信片

머그컵
meo-geu-keop
馬克杯

컵받침
keop-bat-chim
杯墊

오르골
o-reu-gol
音樂盒

꽃병
kkot-byeong
花瓶

특산품
teuk-san-pum
特產品

마그넷
ma-geu-net
冰箱磁貼

액자
aek-ja
相框

병따개
byeong-tta-gae
開瓶器

장난감
jang-nan-gam
玩具

신호등
sin-ho-deung
紅綠燈

삼거리
sam-geo-ri ／三叉路口

동상
dong-sang ／銅像

다리
da-ri ／橋

교차로
gyo-cha-ro ／交叉口

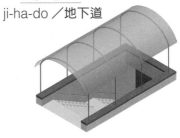

지하도
ji-ha-do ／地下道

건물
geon-mul ／建築物

행인
haeng-in ／路人（行人）

보도
bo-do ／步道

육교
yuk-gyo ／天橋

버스 정류장
beo-seu jeong-nyu-jang
公車站

공중전화
gong-jung-jeon-hwa
公共電話

분수대
bun-su-dae ／噴水池

쓰레기통
seu-re-gi-tong
垃圾桶

횡단보도
hoeng-dan-bo-do
斑馬線

도로
do-ro
馬路

벤치
ben-chi ／長椅

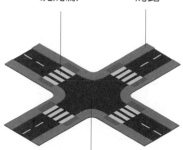

사거리
sa-geo-ri
十字路口

지하철역
ji-ha-cheol-lyeok
捷運站

건너편
geon-neo-pyeon／對面

옆
yeop／旁邊

근처
geun-cheo／附近

뒤
dwi／後

앞
ap／前

왼쪽
oen-jjok
左邊

오른쪽
o-reun-jjok
右邊

올라가다
ol-la-ga-da／上去

올라오다
ol-la-o-da／上來

내려가다
nae-ryeo-ga-da／下去

내려오다
nae-ryeo-o-da／下來

밖
bak／外面

북
buk／北

서
seo／西

동
dong／東

남
nam／南

안
an／裡面

위
wi／上面

들어가다
deu-reo-ga-da／進去

들어오다
deu-reo-o-da／進來

나가다
na-ga-da／出去

나오다
na-o-da／出來

아래
a-rae／下面

07 學校 학교 hak-gyo

7-1 校內場所 교내 장소 gyo-nae jang-so

컴퓨터실
keom-pyu-teo-sil
電腦教室

게양대
ge-yang-dae
升旗台

경비실
gyeong-bi-sil
警衛室

조회대
jo-hoe-dae
司令台

체육관
che-yuk-gwan
體育館

강당
gang-dang
大禮堂

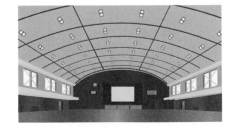

골대
gol-dae／球門

철봉
cheol-bong
單槓

운동장
un-dong-jang／操場

기숙사
gi-suk-sa
宿舍

교장실
gyo-jang-sil／校長室

양호실
yang-ho-sil
醫務室

교무실
gyo-mu-sil／教務處

국어
gu-geo
國文

영어
yeong-eo
英文

수학
su-hak
數學

지리
ji-ri
地理

역사
yeok-sa
歷史

물리
mul-li
物理

화학
hwa-hak
化學

체육
che-yuk
體育

미술
mi-sul
美術

음악
eu-mak／音樂

외국어
oe-gu-geo／外文

생물
saeng-mul／生物

7-3　標點符號 문장 부호 mun-jang bu-ho

마침표
ma-chim-pyo
句號

쉼표
swim-pyo
逗號

큰따옴표
keun-tta-om-pyo
引號

빗금
bit-geum
斜線

느낌표
neu-kkim-pyo
驚嘆號

물음표
mu-reum-pyo
問號

쌍점
ssang-jeom
冒號

괄호
gwal-ho
括號

물결표
mul-gyeol-pyo
連接號

책상
chaek-sang
書桌

의자
ui-ja
椅子

문
mun
門

분필
bun-pil／粉筆

화이트보드
hwa-i-teu-bo-deu
白板

가방
ga-bang
包包

책
chaek
書

교복
gyo-bok
制服

교과서
gyo-gwa-seo
教科書

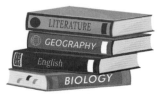

07 學校 학교 hak-gyo

게시판
ge-si-pan
布告欄

사물함
sa-mul-ham
置物櫃

체육복
che-yuk-bok
體育服

마이크
ma-i-keu
麥克風

스피커
seu-pi-keo
音響

칠판
chil-pan
黑板

국기
guk-gi
國旗

칠판지우개
chil-pan-ji-u-gae
板擦

교탁
gyo-tak／講台

공책
gong-chaek
筆記本

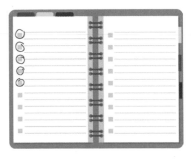

필통
pil-tong
鉛筆盒

볼펜
bol-pen
原子筆

색연필
saeng-nyeong-pil
色鉛筆

크레파스
keu-re-pa-seu
蠟筆

물감
mul-gam
水彩

사인펜
sa-in-pen
簽字筆

샤프심
sya-peu-sim
筆芯

지우개
ji-u-gae
橡皮擦

샤프
sya-peu
自動鉛筆

연필
yeon-pil
鉛筆

형광펜
hyeong-gwang-pen
螢光筆

풀
pul
糨糊（漿糊）

컴퍼스
keom-peo-seu
圓規

테이프
te-i-peu
膠帶

연필깎이
yeon-pil-kka-kki
削筆器（削鉛筆機）

자
ja
尺

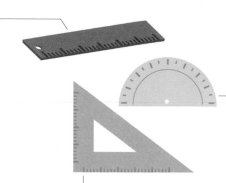

각도기
gak-do-gi
量角器

색종이
saek-jong-i
彩色紙

삼각자
sam-gak-ja
三角尺

클립
keul-lip
迴紋針

접착제
jeop-chak-je
強力膠

도화지
do-hwa-ji
圖畫紙

가위
ga-wi
剪刀

08 醫院 병원 byeong-won

8-1 門診科別 진료 과목 jin-lyo gwa-mok

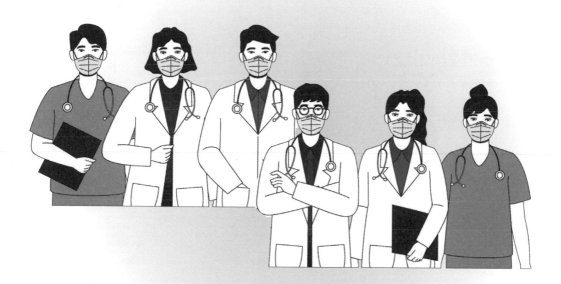

외과 oe-gwa／外科

내과 nae-gwa／內科

치과 chi-gwa／牙科

비뇨기과 bi-nyo-gi-gwa／泌尿科

산부인과 san-bu-in-gwa／婦產科

피부과 pi-bu-gwa／皮膚科

가정 의학과 ga-jeong ui-hak-gwa／家醫科

이비인후과 i-bi-in-hu-gwa／耳鼻喉科

성형외과 seong-hyeong-oe-gwa／整形外科

정형외과 jeong-hyeong-oe-gwa／骨科

진료비
jil-lyo-bi／掛號費

접수하다
jeop-su-ha-da
掛號

주사실
ju-sa-sil／注射室

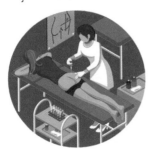

입원하다
i-bwon-ha-da
住院

수술실
su-sul-sil／手術室

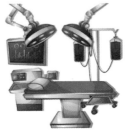

병실
byeong-sil
病房

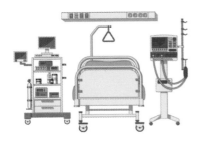

임상검사실
im-sang-geom-sa-sil
臨床實驗室

인공호흡기
in-gong-ho-heup-gi
人工呼吸器

퇴원하다
toe-won-ha-da
出院

간병인
gan-byeong-in
看護

응급실
eung-geup-sil
急診室

병문안
byeong-mu-nan
探病

진료실 jil-lyo-sil ／診療室

대기실
dae-gi-sil ／候診區

엑스레이
ek-seu-re-i
Ｘ光

환자
hwan-ja
患者

진료하다
jil-lyo-ha-da ／就診

관절염
gwan-jeol-lyeom
關節炎

두통
du-tong
頭痛

재채기
jae-chae-gi
打噴嚏

감기
gam-gi
感冒

복통
bok-tong
腹痛

單字補充

아프다 a-peu-da／痛	삐다 ppi-da／扭傷
어지럽다 eo-ji-reop-da／暈眩	골절되다 gol-jeol-doe-da／骨折
몸살이 나다 mom-sa-ri na-da／全身痠痛、著涼	깁스하다 gib-seu-ha-da／上石膏
식은땀이 나다 si-geun-tta-mi na-da／冒冷汗	다치다 da-chi-da／受傷
오한이 들다 o-ha-ni deul-da／發冷	붓다 but-da／腫
콧물이 나다 kon-mu-ri na-da／流鼻水	낫다 nat-da／痊癒
코가 막히다 ko-ga ma-ki-da／鼻塞	눈병이 나다 nun-byeong-i na-da／得眼疾
목이 쉬다 mo-gi swi-da／沙啞	수술하다 su-sul-ha-da／動手術
열이 나다 yeo-ri na-da／發燒	간지럽다 gan-ji-reop-da／癢
배탈이 나다 bae-ta-ri na-da／吃壞肚子	쓰리다 sseu-ri-da／灼痛
설사하다 seol-sa-ha-da／拉肚子	쓰러지다 sseu-reo-ji-da／暈倒

알레르기
al-le-reu-gi
過敏

치통
chi-tong
牙痛

구토
gu-to／嘔吐

근육통
geu-nyuk-tong
肌肉痠痛

기침
gi-chim
咳嗽

8-4 藥品 약품 yak-pum

약사
yak-sa
藥師

안약
a-nyak
眼藥水

연고
yeon-go
藥膏

붕대
bung-dae
繃帶

소독약
so-dong-nyak
消毒藥（碘酒）

파스
pa-seu
痠痛藥布

반창고
ban-chang-go
OK 繃

처방전
cheo-bang-jeon
處方箋

마스크
ma-seu-keu
口罩

單字補充

진통제 jin-tong-je ／止痛藥
두통약 du-tong-nyak ／頭痛藥
소염제 so-yeom-je ／消炎藥
항생제 hang-saeng-je ／抗生素
해열제 hae-yeol-je ／退燒藥

지사제 ji-sa-je ／止瀉藥
수면제 su-myeon-je ／安眠藥
감기약 gam-gi-yak ／感冒藥
위장약 wi-jang-nyak ／腸胃藥

家 집 jip

9-1 居住環境 주거형태 ju-geo-hyeong-tae

아파트
a-pa-teu ／大樓、華廈

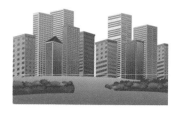

민박
min-bak
民宿

집
jip ／家

단독주택
dan-dok-ju-taek
獨棟住宅

호텔
ho-tel ／飯店

주상 복합 건물
ju-sang bo-kap geon-mul
住商混合大樓

원룸
wol-lum ／套房

한옥
ha-nok／韓屋

별장
byeol-jang／別墅

빌라
bil-la／公寓

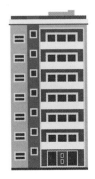

하숙집
ha-suk-jip
寄宿家庭

반지하
ban-ji-ha
半地下

리조트
ri-jo-teu
度假村

게스트 하우스
ge-seu-teu ha-u-seu
背包客棧

현관
hyeon-gwan
玄關

창고
chang-go／倉庫

항아리
hang-a-ri
甕

베란다
be-ran-da
陽台

다락방
da-rak-bang
閣樓

욕실
yok-sil／浴室

방
bang／房間

거실
geo-sil／客廳

침실
chim-sil／臥室

주방
ju-bang／廚房

지하실
ji-ha-sil／地下室

초인종
cho-in-jong／門鈴

안테나
an-te-na／天線

지붕
ji-bung／屋頂

서재
seo-jae
書房

우편함
u-pyeon-ham
信箱

차고
cha-go
車庫

대문
dae-mun
大門

정원
jeong-won
庭院

선풍기
seon-pung-gi
電風扇

전화기
jeon-hwa-gi
電話

휴지통
hyu-ji-tong
垃圾桶

그림
geu-rim
圖畫

텔레비전
tel-le-bi-jeon
電視

창문
chang-mun
窗戶

소파
so-pa
沙發

카펫
ka-pet
地毯

잡지
jap-ji
雜誌

신문
sin-mun
報紙

라디오
la-di-o
收音機

공기청정기
gong-gi-cheong-jeong-gi
空氣淸淨機

피아노
pi-a-no
鋼琴

리모컨
li-mo-keon
遙控器

액자
aek-ja
相框

에어컨
e-eo-keon
冷氣

책장
chaek-jang
書櫃

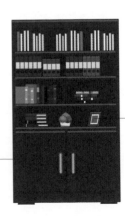

전자레인지
jeon-ja-re-in-ji
微波爐

싱크대
sing-keu-dae
水槽

냉장고
naeng-jang-go
冰箱

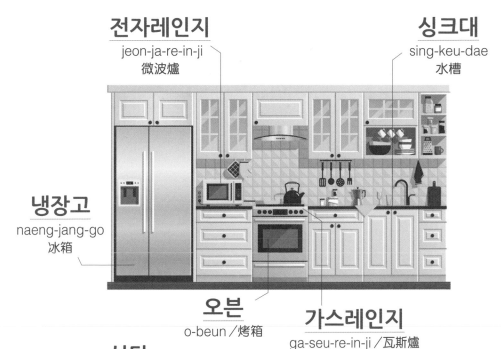

오븐
o-beun／烤箱

가스레인지
ga-seu-re-in-ji／瓦斯爐

식탁
sik-tak／餐桌

식기세척기
sik-gi-se-cheok-gi
洗碗機

의자
ui-ja／椅子

廚房用品 주방 용품 ju-bang yong-pum

프라이팬
peu-ra-i-paen
平底鍋

뒤집개
dwi-jip-gae／鍋鏟

냄비
naem-bi／鍋子

고무장갑
go-mu-jang-gap
橡膠手套

도마
do-ma
砧板

주전자
ju-jeon-ja
水壺

칼
kal／刀

국자
guk-ja／湯勺

주걱
ju-geok
飯勺

거품기
geo-pum-gi
攪拌器

키친타월
ki-chin-ta-wol
廚房紙巾

채칼
chae-kal
刨絲器

집게
jip-ge／夾子

전기밥솥
jeon-gi-bap-sot
電子鍋

포크
po-keu
叉子

쟁반
jaeng-ban ／托盤

믹서
mik-seo ／果汁機

9-5 浴室 욕실 yok-sil

샤워기
sya-wo-gi
蓮蓬頭

구강 청결제
gu-gang cheong-gyeol-je
漱口水

바디 워시
ba-di wo-si ／沐浴乳

화장솜
hwa-jang-som
化妝棉

면봉
myeon-bong
棉花棒

샴푸
syam-pu
洗髮精

비누
bi-nu
肥皂

면도기
myeon-do-gi
刮鬍刀

린스
lin-seu
潤髮乳

치약
chi-yak／牙膏

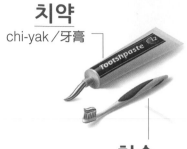

칫솔
chit-sol／牙刷

폼클렌징
pom-keul-len-jing
洗面乳

손톱깎이
son-top-kka-kki
指甲刀

치실
chi-sil
牙線

수도꼭지
su-do-kkok-gi
水龍頭

수건
su-geon
毛巾

거울
geo-ul
鏡子

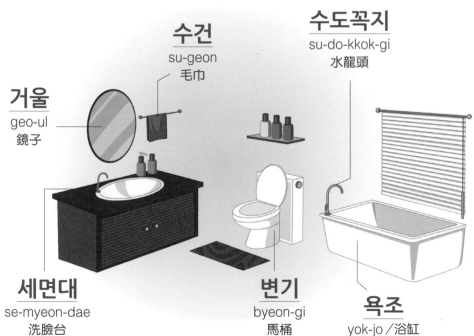

세면대
se-myeon-dae
洗臉台

변기
byeon-gi
馬桶

욕조
yok-jo／浴缸

화장대
hwa-jang-dae
化妝台

커튼
keo-teun
窗簾

침대
chim-dae
床

베개
be-gae
枕頭

조명
jo-myeong
照明燈

옷장
ot-jang
衣櫥

매트리스
mae-teu-ri-seu
床墊

이불
i-bul
棉被

서랍
seo-rap
抽屜

협탁
hyeop-tak
床頭櫃

스위치
seu-wi-chi
電源開關

콘센트
kon-sen-teu
插座

옷걸이
ot-geo-ri
衣架

제습기
je-seup-gi
除濕機

가습기
ga-seup-gi
加濕器

빨래건조대
ppal-lae-geon-jo-dae／曬衣架

9-7 多功能室用品 다용도실 용품
da-yong-do-sil yong-pum

세제
se-je
洗衣精、洗衣粉

손전등
son-jeon-deung
手電筒

세탁기
se-tak-gi
洗衣機

저울
jeo-ul
磅秤

체중계
che-jung-gye
體重計

대야
dae-ya
水盆

쓰레받기
sseu-re-bat-gi
畚箕

사다리
sa-da-ri
梯子

빗자루
bit-ja-ru
掃把

다리미
da-ri-mi
熨斗

소화기
so-hwa-gi
滅火器

대걸레
dae-geol-le
拖把

청소기
cheong-so-gi
吸塵器

분리수거 bul-li-su-geo／垃圾分類

음식물 쓰레기
eum-sing-mul sseu-re-gi
廚餘

플라스틱
peul-la-seu-tik
塑膠

종이류
jong-i-ryu
紙類

유리병
yu-ri-byeong
玻璃瓶

패트병
pae-teu-byeong
實特瓶

캔
kaen
鐵罐

일반 쓰레기
il-ban sseu-re-gi
一般垃圾

스티로폼
seu-ti-ro-pom
保麗龍

10 裝扮／穿著 옷차림 ot-cha-rim

10-1 服飾 의상 ui-sang

치마
chi-ma 裙子

티셔츠
ti-syeo-cheu
短袖

긴팔
gin-pal
長袖

니트
ni-teu／毛衣

와이셔츠
wa-i-syeo-cheu
襯衫

바지
ba-ji／褲子

반바지
ban-ba-ji／短褲

양복
yang-bok
西裝

정장
jeong-jang
正式服裝

외투
woe-tu
外套

청바지
cheong-ba-ji
牛仔褲

속옷
so-got
內衣

양말
yang-mal
襪子

원피스
won-pi-seu
連身裙

스타킹
seu-ta-king
絲襪

單字補充

옷을 입다 o-seul ip-da／穿衣服

신발을 신다 sin-ba-reul sin-da／穿鞋子

옷을 벗다 o-seul beot-da／脫衣服

벌 beol／套（衣服的量詞）

옷을 수선하다 o-seul su-seon-ha-da／修改衣服

사이즈 sa-i-jeu／尺寸

맞다 mat-da／合身

운동복
un-dong-bok
運動服

블라우스
beul-la-u-seu
罩衫

잠옷
ja-mot
睡衣

10-2　紋路 무늬 mu-nui

꽃무늬
kkon-mu-nui
花紋

물방울무늬
mul-bang-ul-mu-nui
水滴花紋

체크무늬
che-keu-mu-nui
格子紋

줄무늬
jul-mu-nui
條紋

구두
gu-du／皮鞋

부츠
bu-cheu
靴子

슬리퍼
seul-li-peo
拖鞋

플랫슈즈
peul-laet-syu-jeu
平底鞋

운동화
un-dong-hwa
運動鞋

캔버스화
kaen-beo-seu-hwa
帆布鞋

장화
jang-hwa
雨鞋

하이힐
ha-i-hil
高跟鞋

샌들
saen-deul
涼鞋

귀걸이
gwi-geo-ri
耳環

모자
mo-ja
帽子

귀마개
gwi-ma-gae
耳罩

목걸이
mok-geo-ri
項鍊

반지
ban-ji
戒指

팔찌
pal-jji
手環

장갑
jang-gap
手套

목도리
mok-do-ri
圍巾

브로치
beu-ro-chi
胸針

스카프
seu-ka-peu
絲巾

콘택트렌즈
kon-taek-teu-len-jeu
隱形眼鏡

나비넥타이
na-bi-nek-ta-i
蝴蝶領結

손목시계
son-mok-si-gye
手錶

넥타이
nek-ta-i
領帶

벨트
bel-teu
皮帶

아이섀도
a-i-syae-doi／眼影

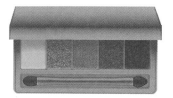

아이라이너
a-i-ra-i-neo
眼線筆

립스틱
lip-seu-tik
口紅

스킨
seu-kin
化妝水

아이브로우
a-i-beu-ro-u
眉筆

팩
paek／面膜

선크림
seon-keu-rim
防曬乳

로션
lo-syeon
乳液

블러셔
beul-leo-syeo
腮紅

아이크림
a-i-keu-rim
眼霜

입술보호제
ip-sul-bo-ho-je
護唇膏

매니큐어
mae-ni-kyu-eo
指甲油

인조 속눈썹
in-jo song-nun-sseup
假睫毛

파우더
pa-u-deo
粉餅

크림
keu-rim
面霜

마스카라
ma-seu-ka-ra
睫毛膏

單字補充

화장하다 hwa-jang-ha-da /化妝

화장을 지우다 hwa-jang-eul ji-u-da /卸妝

스킨로션을 바르다 seu-kin-lo-syeo-neul ba-reu-da /擦保養品

미스트를 뿌리다 mi-seu-teu-reul ppu-ri-da /噴噴霧化妝水

눈썹을 그리다 nun-sseo-beul geu-ri-da /畫眉毛

팩을 붙이다 pae-geul bu-chi-da /敷面膜

11 食品 식품 sik-pum

11-1 飲料 음료수 eum-nyo-su

커피
keo-pi
咖啡

코코아
ko-ko-a
熱巧克力

차
cha
茶

홍차
hong-cha
紅茶

녹차
nok-cha
綠茶

밀크티
mil-keu-ti
奶茶

사이다
sa-i-da
汽水

물
mul
水

얼음
eo-reum
冰塊

콜라
kol-la
可樂

버블티
beo-beul-ti
珍珠奶茶

슬러시
seul-leo-si
冰沙

주스
ju-seu
果汁

포도주
po-do-ju
葡萄酒

럼
reom
蘭姆酒

브랜디
beu-raen-di
白蘭地

위스키
wi-seu-ki
威士忌

보드카
bo-deu-ka
伏特加

막걸리
mak-geol-li
米酒

고량주
go-ryang-ju
高粱酒

소주
so-ju
燒酒

맥주
maek-ju
啤酒

칵테일
kak-te-il
雞尾酒

매실주
mae-sil-ju
梅子酒

불고기
bul-go-gi
烤牛肉

파전
pa-jeon
煎餅

비빔밥
bi-bim-bap
拌飯

어묵
eo-muk
魚板

떡볶이
tteok-bo-kki
炒年糕

삼계탕
sam-gye-tang
蔘雞湯

순두부찌개
sun-du-bu-jji-gae
豆腐鍋

냉면
naeng-myeon
冷麵

삼겹살
sam-gyeop-sal
五花肉

김밥
gim-bap
海苔飯捲

순대
sun-dae
血腸

김
gim
海苔

부대찌개
bu-dae-jji-gae
部隊鍋

김치
gim-chi
泡菜

各種食物名稱 각종 음식 이름

gak-jong eum-sik i-reum

라면
ra-myeon
拉麵

카레
ka-re
咖哩

샤부샤부
sya-bu-sya-bu
火鍋

스파게티
seu-pa-ge-ti
義大利麵

초밥
cho-bap
壽司

피자
pi-ja／比薩

짜장면
jja-jang-myeon
炸醬麵

짬뽕
jjam-bbong
炒馬麵

튀김
twi-gim
炸物

샌드위치
saen-deu-wi-chi
三明治

햄버거
haem-beo-geo
漢堡

샐러드
sael-leo-deu
沙拉

수프
su-peu
湯

오믈렛
o-meul-let
歐姆蛋

單字補充

한식 han-sik	/	韓式料理
중식 jung-sik	/	中式料理
양식 yang-sik	/	西式料理
일식 il-sik	/	日式料理
경양식 gyeong-yang-sik	/	簡餐

과자
gwa-ja
餅乾

사탕
sa-tang
糖果

와플
wa-peul
格子鬆餅

파이
pa-i／派

껌
kkeom
口香糖

푸딩
pu-ding
布丁

초콜릿
cho-kol-lit
巧克力

빙수
bing-su
刨冰

아이스크림
a-i-seu-keu-rim
冰淇淋

마카롱
ma-ka-rong
馬卡龍

케이크
ke-i-keu
蛋糕

빵
ppang
麵包

떡
tteok
年糕

베이글
be-i-geul／貝果

머핀
meo-pin
瑪芬蛋糕

크루아상
keu-ru-a-sang
可頌麵包

카스텔라
ka-seu-tel-la
蜂蜜蛋糕

소보루빵
so-bo-ru-ppang
菠蘿麵包

바게트
ba-ge-teu
法國麵包

호밀빵
ho-mil-ppang
黑麥麵包

도넛
do-neot
甜甜圈

11 食品 식품 sik-pum

에그타르트
e-geu-ta-reu-teu
蛋塔

마들렌
ma-deul-len
瑪德蓮蛋糕

식빵
sik-ppang
吐司

11-7 蔬菜 채소 chae-so

양배추
yang-bae-chu
高麗菜

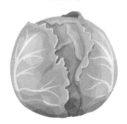

마늘
ma-neul
蒜頭

가지
ga-ji
茄子

고추
go-chu
辣椒

호박
ho-bak
南瓜

오이
o-i
小黃瓜

파
pa
青蔥

브로콜리
beu-ro-kol-li
花椰菜

감자
gam-ja
馬鈴薯

시금치
si-geum-chi
菠菜

토마토
to-ma-to
番茄

생강
saeng-gang
薑

양상추
yang-sang-chu
萵苣

콩나물
kong-na-mul
豆芽

피망
pi-mang
青椒

당근
dang-geun
紅蘿蔔

옥수수
ok-su-su
玉米

무
mu
白蘿蔔

양파
yang-pa
洋蔥

고구마
go-gu-ma
地瓜

죽순
juk-sun
竹筍

딸기
ttal-gi
草莓

포도
po-do
葡萄

바나나
ba-na-na
香蕉

복숭아
bok-sung-a
水蜜桃

사과
sa-gwa
蘋果

배
bae
水梨

레몬
le-mon
檸檬

석류
seong-nyu
紅石榴

망고
mang-go
芒果

키위
ki-wi
奇異果

체리
che-ri
櫻桃

오렌지
o-ren-ji
柳橙

귤
gyul
橘子

파인애플
pa-i-nae-peul
鳳梨

멜론
mel-lon
哈密瓜

수박
su-bak
西瓜

12 烹飪 요리 yo-ri

12-1 調味料、醬料類 조미료와 소스류
jo-mi-ryo-wa so-seu-ryu

소금
so-geum／鹽巴

된장
doen-jang／味噌

식초
sik-cho
醋

참기름
cham-gi-reum
芝麻油

고춧가루
go-chut-ga-ru
辣椒粉

식용유
si-gyong-nyu
食用油

후춧가루
hu-chut-ga-ru
胡椒粉

설탕
seol-tang
砂糖

버터
beo-teo
奶油

꿀
kkul
蜂蜜

잼
jaem
果醬

머스터드
meo-seu-teo-deu
黃芥末醬

고추장
go-chu-jang
辣椒醬

마요네즈
ma-yo-ne-jeu
美乃滋

케첩
ke-cheop
番茄醬

간장
gan-jang
醬油

새콤하다
sae-kom-ha-da／微酸

시다
si-da／酸

뜨겁다
tteu-geop-da／燙

차갑다
cha-gap-da
冰

맛있다
ma-sit-da
好吃

맛없다
ma-deop-da
難吃

쓰다 sseu-da／苦

쌉쌀하다
sseup-sseul-ha-da／微苦

매콤하다
mae-com-ha-da／微辣

맵다
maep-da／辣

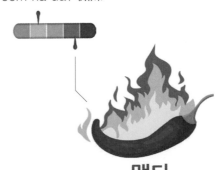

짭짤하다
jjap-jjal-ha-da ／微鹹

질기다
jil-gi-da ／柴

달다
dal-da ／甜

떫다
tteol-da ／澀

짜다
jja-da ／鹹

신선하다
sin-seon-ha-da ／新鮮

썩다
sseok-da ／腐爛

싱겁다
sing-geop-da
清淡

고소하다
go-so-ha-da
香濃

간이 세다
ga-ni se-da
重口味

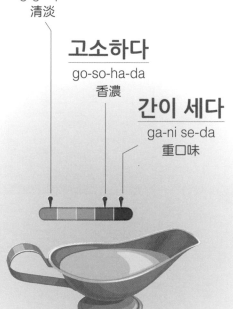

연하다
yeon-ha-da ／嫩

튀기다
twi-gi-da／炸

삶다
sam-da
煮

볶다
bok-da
炒

부치다
bu-chi-da／煎

찍다
jjik-da
沾

찌다
jji-da／蒸

다지다
da-ji-da
切碎

썰다
sseol-da／切

깎다
kkak-da
削

젓다
jeot-da
攪拌

뿌리다
ppu-ri-da
灑

굽다
gup-da
烤

벗기다
beot-gi-da
剝

담그다
dam-geu-da
浸泡

13 自然 자연 ja-yeon

13-1 風景 풍경 pung-gyeong

산
san／山

보름달
bo-reum-dal
滿月

별
byeol
星星

바람
ba-ram／風

구름
gu-reum
雲

바다
ba-da
海

나비
na-bi
蝴蝶

잔디
jan-di
草地

꽃
kkot
花

나무
na-mu／樹木

태양
tae-yang／太陽

무지개
mu-ji-gae
彩虹

달
dal
月亮

곤충
gon-chung
昆蟲

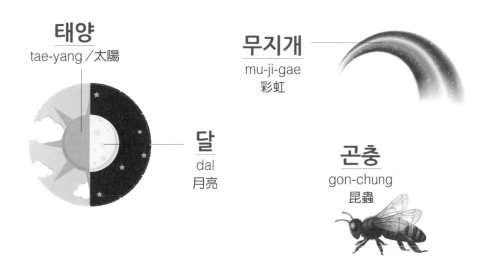

13-2　動物 동물 dong-mul

원숭이
won-sung-i
猴子

달팽이
dal-paeng-i／蝸牛

새
sae／鳥

개
gae
狗

고양이
go-yang-i
貓

하마
ha-ma／河馬

너구리
neo-gu-ri／狸貓

말
mal／馬

늑대
neuk-dae／狼

기린
gi-rin
長頸鹿

코뿔소
ko-ppul-so
犀牛

표범
pyo-beom ／豹

다람쥐
da-ram-jwi
松鼠

코끼리
ko-kki-ri
大象

호랑이
ho-rang-i
老虎

얼룩말
eol-lung-mal
斑馬

토끼
to-kki ／兔子

사자
sa-ja ／獅子

바다거북
ba-da-geo-buk
海龜

돌고래
dol-go-rae
海豚

불가사리
bul-ga-sa-ri
海星

해파리
hae-pa-ri
水母

해삼
hae-sam
海參

상어
sang-eo
鯊魚

산호초
san-ho-cho
珊瑚礁

고래
go-rae
鯨魚

해마
hae-ma
海馬

물개
mul-gae
海狗

13-4 魚類 어류 eo-ryu

금붕어
geum-bung-eo
金魚

미꾸라지
mi-kku-ra-ji／泥鰍

잉어
ing-eo／鯉魚

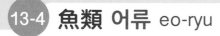

고등어
go-deung-eo／鯖魚

연어
yeo-neo／鮭魚

베타
be-ta
鬪魚

장어
jang-eo／鰻魚

구피
gu-pi／孔雀魚

복어
bo-geo／河豚

꽁치
kkong-chi／秋刀魚

참치
cham-chi／鮪魚

갈치
gal-chi／白帶魚

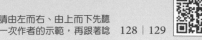

귀뚜라미
gwi-ttu-ra-mi
蟋蟀

나비
na-bi
蝴蝶

매미
mae-mi
蟬

잠자리
jam-ja-ri
蜻蜓

무당벌레
mu-dang-beol-le
瓢蟲

모기
mo-gi
蚊子

사마귀
sa-ma-gwi
螳螂

파리
pa-ri
蒼蠅

지네
ji-ne／蜈蚣

벌
beol／蜜蜂

거미
geo-mi／蜘蛛

나방
na-bang／蛾

바퀴벌레
sa-ma-gwi
蟑螂

메뚜기
me-ttu-gi
蚱蜢

13-6 鳥類 조류 jo-ryu

앵무새
aeng-mu-sae
鸚鵡

딱따구리
ttak-tta-gu-ri
啄木鳥

닭
dak
雞

비둘기
bi-dul-gi
鴿子

참새
cham-sae
麻雀

제비
je-bi／燕子

백조
baek-jo／天鵝

까마귀
kka-ma-gwi
烏鴉

부엉이
bu-eong-i
貓頭鷹

독수리
dok-su-ri
老鷹

타조
ta-jo
鴕鳥

오리
o-ri／鴨

까치
kka-chi／喜鵲

카멜레온
ka-mel-le-on
變色龍

두꺼비
du-kkeo-bi
蟾蜍

뱀
baem
蛇

도마뱀
do-ma-baem
蜥蜴

올챙이
ol-chaeng-i
蝌蚪

개구리
gae-gu-ri
青蛙

이구아나
i-gu-a-na
鬣蜥

악어
a-geo
鱷魚

연꽃
yeon-kkot
蓮花

튤립
tyul-lip
鬱金香

수국
su-guk
繡球花

해바라기
hae-ba-ra-gi
向日葵

국화
gu-kwa
菊花

매화
mae-hwa
梅花

카라
ka-ra
海芋

무궁화
mu-gung-hwa
木槿花

카네이션
ka-ne-i-syeon
康乃馨

민들레
min-deul-le
蒲公英

선인장
seo-nin-jang
仙人掌

다육식물
da-yuk-sing-mul
多肉植物

장미
jang-mi
玫瑰

백합
bae-kap
百合

난초
nan-cho
蘭花

은행나무
eun-haeng-na-mu
銀杏樹

단풍나무
dan-pung-na-mu
楓樹

四季 사계절 sa-gye-jeol

14-1 天氣 날씨 nal-ssi

시원하다
si-won-ha-da／涼爽

날씨가 나쁘다
nal-ssi-ga na-ppeu-da
天氣不好

날씨가 좋다
nal-ssi-ga jo-ta
天氣好

따뜻하다
tta-tteu-ta-da／溫暖

덥다
deop-da
熱

춥다
chup-da
冷

쌀쌀하다
ssal-ssal-ha-da
冷颼颼

영상
yeong-sang
零上（溫度）

영하
yeong-ha
零下（溫度）

바람이 불다
ba-ra-mi bul-da／起風

햇빛
haet-bit／陽光

습하다
seu-pa-da／潮濕

건조하다
geon-jo-ha-da／乾燥

맑다
mak-da／晴朗

눈이 오다
nu-ni o-da／下雪

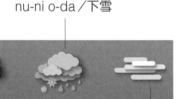

비가 오다
bi-ga o-da／下雨

안개가 끼다
an-gae-ga kki-da／起霧

폭우가 내리다
po-gu-ga nae-ri-da
下暴雨

폭설이 내리다
pok-seo-ri nae-ri-da
下暴雪

우박
u-bak／冰雹

천둥
cheon-dung／打雷

가뭄
ga-mum／旱災

번개
beon-gae／閃電

홍수
hong-su／洪水

지진
ji-jin／地震

허리케인
heo-ri-ke-in／颶風

쓰나미
sseu-na-mi／海嘯

산사태
san-sa-tae／山崩

春天 봄 bom

꽃구경하다
kkot-gu-gyeong-ha-da
賞花

소풍을 가다
so-pyung-eul ga-da
出遊

꽃이 피다
kko-chi pi-da
開花

벚꽃놀이
beot-kkon-no-ri
賞櫻花

夏天 여름 yeo-reum

캠핑하다
kaem-ping-ha-da
露營

일광욕
il-gwang-yok
日光浴

장마철
jang-ma-cheol
梅雨季

태풍이 오다
tae-pung-i o-da
有颱風

해수욕장
hae-su-yok-jang
海水浴場

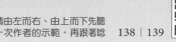

14-5 秋天 가을 ga-eul

단풍
dan-pung／楓葉

추석
chu-seok／中秋節

낙엽이 떨어지다
na-gyeo-bi tteo-reo-ji-da
落葉

추수하다
chu-su-ha-da
秋收

독서하다
dok-seo-ha-da
閱讀

14-6 冬天 겨울 gyeo-ul

김장하다
gim-jang-ha-da
醃製泡菜

크리스마스트리
keu-ri-seu-ma-seu-teu-ri
聖誕樹

눈싸움하다
nun-ssa-um-ha-da
打雪仗

눈사람을 만들다
nun-sa-ra-meul man-deul-da
做雪人

스키를 타다 seu-ki-reul ta-da／滑雪

스키장
seu-ki-jang
滑雪場

썰매를 타다
sseol-mae-reul ta-da
滑雪橇

온천욕을 하다
on-cheon-nyo-geul ha-da／泡溫泉

14-7 避暑度假 바캉스 ba-kang-seu

갈매기
gal-mae-gi
海鷗

조개
jo-gae／貝殼

소라
so-ra／海螺

튜브
tyu-beu
游泳圈

보트
bo-teu／小艇

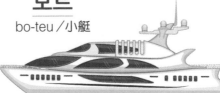

구명조끼
gu-myeong-jo-kki
救生衣

구조대원
gu-jo-dae-won／救生員

구명보트
gu-myeong-bo-teu
救生艇

등대
deung-dae／燈塔

요트
yo-teu／帆船

파라솔
pa-ra-sol／太陽傘

해변 hae-byeon／海邊

비키니
bi-ki-ni／比基尼

돗자리
dot-ja-ri
墊子

파도
pa-do／波浪

15 交通 교통 gyo-tong

15-1 車子種類 차의 종류 cha-ui jong-nyu

버스
beo-seu
公車

배
bae／船

구급차
gu-geup-cha
救護車

자동차
ja-dong-cha
汽車

경찰차
gyeong-chal-cha
警車

캠핑카
kaem-ping-ka／露營車

헬리콥터
hel-li-cop-teo
直升機

비행기
bi-haeng-gi
飛機

오토바이
o-to-ba-i
機車

트럭
teu-reok
卡車

리무진
li-mu-jin
豪華轎車

스쿨버스
seu-kul-beo-seu／校車

자전거
ja-jeon-geo／腳踏車

택시
taek-si／計程車

지하철
ji-ha-cheol
地下鐵

오픈카
o-peun-ka／敞篷車

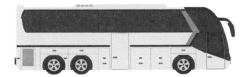

고속버스
go-sok-beo-seu
客運

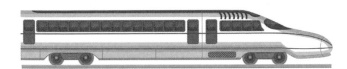

고속 열차
go-sok yeol-cha
高鐵

기차
gi-cha
火車

일방통행
il-bang-tong-haeng
單行道

좌회전
jwa-hoe-jeon
左轉

우회전
u-hoe-jeon
右轉

유턴
yu-teon
迴轉

속도제한
sok-do-je-han
車速限制

진입금지
ji-nip-geum-ji
禁止進入

어린이 보호 구역
eo-ri-ni bo-ho gu-yeok
兒童保護區

야생동물 보호 구역
ya-saeng-dong-mul bo-ho gu-yeok
野生動物保護區

서행
seo-haeng
慢速行駛

주차금지
ju-cha-geum-ji
禁止停車

정지
jeong-ji
停止

버스 전용차로
beo-seu jeo-nyong-cha-ro
公車專用道

15-3 **捷運站內部** 지하철역 내부
ji-ha-cheol-lyeok nae-bu

역무원
yeong-mu-won
站務員

개찰구
gae-chal-gu／閘門

출구
chul-gu／出口

입구
ip-gu／入口

교통카드 충전기
gyo-tong-ka-deu chung-jeon-gi
儲值機

비상구
bi-sang-gu
緊急出口

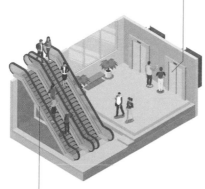

엘리베이터
el-li-be-i-teo／電梯

현금 인출기
hyeon-geum in-chul-gi
提款機

에스컬레이터
e-seu-keol-le-i-teo
手扶梯

안전선
an-jeon-seon
警戒線

MIND THE GAP

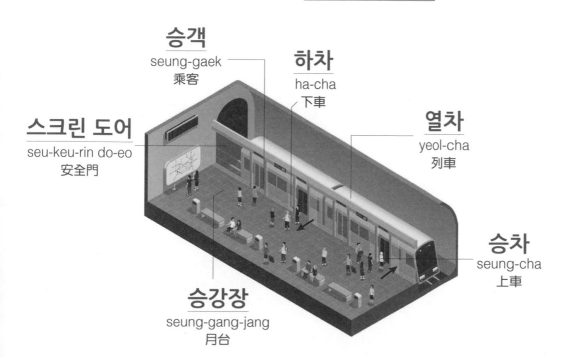

승객
seung-gaek
乘客

하차
ha-cha
下車

열차
yeol-cha
列車

스크린 도어
seu-keu-rin do-eo
安全門

승차
seung-cha
上車

승강장
seung-gang-jang
月台

단말기
dan-mal-gi／刷卡機

차량용 비상 망치
cha-ryang-yong bi-sang mang-chi
車窗擊破器

버스 기사
beo-seu gi-sa
公車司機

노약자석
no-yak-ja-seok
博愛座

손잡이
son-ja-bi
握把、扶手

벨
bel／下車鈴

임산부 배려석
im-san-bu bae-ryeo-seok
孕婦座

출입문
chu-rim-mun／車門

單字補充

안내 방송 an-nae bang-song ／廣播	
광고 gwang-go ／廣告	

16 興趣 취미 chwi-mi

16-1 各種興趣 각종 취미 gak-jong chwi-mi

그림을 그리다
geu-ri-meul geu-ri-da
畫畫

여행하다
yeo-haeng-ha-da
旅遊

기타를 치다
gi-ta-reul chi-da
彈吉他

꽃꽂이하다
kkot-kko-ji-ha-da
插花

게임하다
ge-im-ha-da
打電動

음악을 듣다
eu-ma-geul deut-da
聽音樂

춤을 추다
chu-meul chu-da
跳舞

낚시하다
nak-si-ha-da
釣魚

사진을 찍다
sa-ji-neul jjik-da
拍照

피아노를 치다
pi-a-no-real chi-da
彈鋼琴

노래를 부르다
no-rae-reul bu-reu-da
唱歌

클래식
keul-lae-sik ／古典音樂

※Johann Christian Bach 巴哈

가요
ga-yo
歌謠

록
rok
搖滾

발라드
bal-la-deu
抒情歌

댄스 음악
daen-seu eu-mak
舞曲

민요
mi-nyo
民謠

재즈
jae-jeu
爵士

랩
raep／饒舌

힙합
hi-pap
嘻哈

성악
seong-ak
聲樂

공포 영화
gong-po yeong-hwa
恐怖片

멜로 영화
mel-lo yeong-hwa
愛情片

판타지 영화
pan-ta-ji yeong-hwa
幻想片

코미디 영화
ko-mi-di yeong-hwa
喜劇片

액션 영화
aek-syeon yeong-hwa
動作片

공상 과학 영화
gong-sang gwa-hak yeong-hwa
科幻片

전쟁 영화
jeon-jaeng yeong-hwa
戰爭片

탐정 영화
tam-jeong yeong-hwa
偵探片

모험 영화
mo-heom yeong-hwa
冒險片

16-4 運動 운동 un-dong

스케이트보드를 타다
seu-ke-i-teu-bo-deu-reul ta-da
溜滑板

테니스를 치다
te-ni-seu-reul chi-da
打網球

농구하다
nong-gu-ha-da
打籃球

수영하다
su-yeong-ha-da
游泳

배드민턴을 치다
bae-deu-min-teo-neul chi-da
打羽毛球

조깅하다
jo-ging-ha-da
慢跑

태권도하다
tae-gwon-do-ha-da
打跆拳道

축구하다
chuk-gu-ha-da
踢足球

달리기하다
dal-li-gi-ha-da
跑步

암벽등반하다
am-byeok-deung-ban-ha-da
攀岩

요가하다
yo-ga-ha-da
做瑜珈

스키를 타다
seu-ki-reul ta-da
滑雪

산책하다
san-chae-ka-da
散步

자전거를 타다
ja-jeon-geo-reul ta-da
騎腳踏車

줄넘기하다
jul-leom-gi-ha-da
跳跳繩

등산하다
deung-san-ha-da
爬山

카누
ka-nu／獨木舟

바나나보트
ba-na-na-bo-teu
香蕉船

서핑
seo-ping
衝浪

스노클링
seu-no-keul-ling
潛水

스쿠버 다이빙
seu-ku-beo da-i-bing
浮潛

래프팅
lae-peu-ting
泛舟

수상스키
su-sang-seu-ki
滑水

以下樂器搭配動詞「彈、打 치다 chi-da」

키보드
ki-bo-deu
電子琴

기타
gi-ta
吉他

드럼
deu-reom
鼓

피아노
pi-a-no
鋼琴

以下樂器搭配動詞「吹 불다 bul-da」

트럼펫
teu-reom-pet／小號

색소폰
saek-so-pon
薩克斯風

플루트
peul-lu-teu／長笛

오카리나
o-ka-ri-na
陶笛

리코더
ri-ko-deo／直笛

以下樂器搭配動詞「拉 켜다 kyeo-da」

바이올린
ba-i-ol-lin
小提琴

첼로
chel-lo
大提琴

17 其他 기타 gi-ta

삼각형
sam-ga-kyeong
三角形

정사각형
jeong-sa-ga-kyeong
正方形

직사각형
jik-sa-ga-kyeong
長方形

타원
ta-won
橢圓形

마름모
ma-reum-mo
菱形

원
won
圓形

오각형
o-ga-kyeong
五角形

육각형
yuk-ga-kyeong
六角形

직각삼각형
jik-gak-sam-ga-kyeong
直角三角形

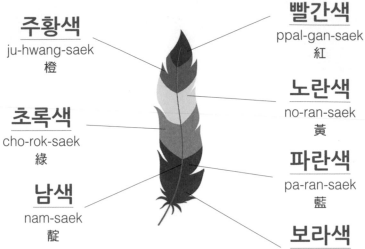

주황색
ju-hwang-saek
橙

초록색
cho-rok-saek
綠

남색
nam-saek
靛

빨간색
ppal-gan-saek
紅

노란색
no-ran-saek
黃

파란색
pa-ran-saek
藍

보라색
bo-ra-saek
紫

은색
eun-saek
銀色

금색
geum-saek
金色

분홍색
bun-hong-saek
粉紅色

까만색
kka-man-saek
黑色

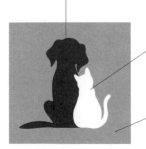

하얀색
ha-yan-saek
白色

회색
hoe-saek
灰色

갈색
gal-saek
咖啡色

염소자리
yeom-so-ja-ri
摩羯座

물병자리
mul-byeong-ja-ri
水瓶座

사수자리
sa-su-ja-ri
射手座

물고기자리
mul-go-gi-ja-ri
雙魚座

전갈자리
jeon-gal-ja-ri
天蠍座

양자리
yang-ja-ri
白羊座

천칭자리
cheon-ching-ja-ri
天秤座

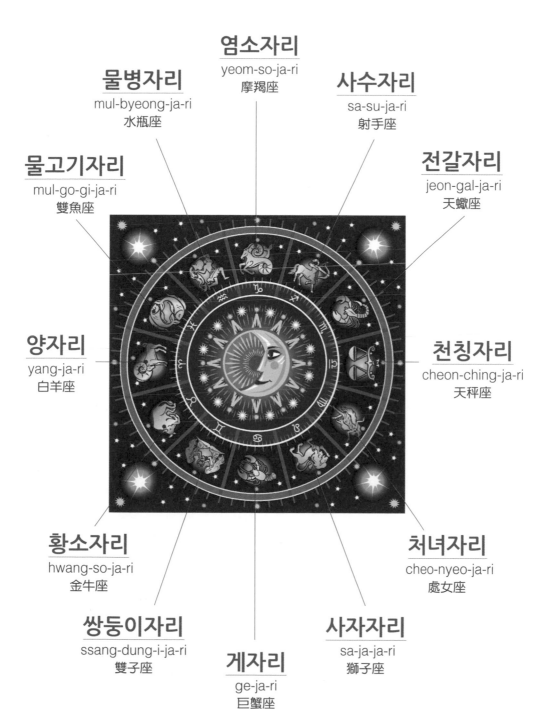

황소자리
hwang-so-ja-ri
金牛座

처녀자리
cheo-nyeo-ja-ri
處女座

쌍둥이자리
ssang-dung-i-ja-ri
雙子座

게자리
ge-ja-ri
巨蟹座

사자자리
sa-ja-ja-ri
獅子座

크다 ↔ 작다
keu-da ↔ jak-da
大↔小

늪다 ↔ 이르다
neut-da ↔ i-reu-da
晚↔早

晚

早

쉽다 ↔ 어렵다
swip-da ↔ eo-ryeop-da
簡單↔難

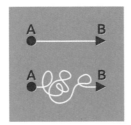

빠르다 ↔ 느리다
ppa-reu-da ↔ neu-ri-da
快↔慢

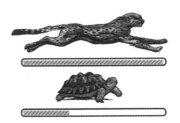

비싸다 ↔ 싸다
bi-ssa-da ↔ ssa-da
貴↔便宜

밝다 ↔ 어둡다
bak-da ↔ eo-dup-da
明亮↔黑暗

무겁다 ↔ 가볍다
mu-geop-da ↔ ga-byeop-da
重 ↔ 輕

높다 ↔ 낮다
nop-da ↔ nat-da
高 ↔ 低

더럽다 ↔ 깨끗하다
deo-reop-da ↔ kkae-kkeu-ta-da
髒亂 ↔ 乾淨

얕다 ↔깊다
yat-da ↔ gip-da
淺 ↔ 深

넓다 ↔ 좁다
neol-da ↔ jop-da
寬 ↔ 窄

시끄럽다 ↔ 조용하다
si-kkeu-reop-da ↔ jo-yong-ha-da
吵 ↔ 安靜

뜨겁다 ↔ 차갑다
tteu-geop-da ↔ cha-gap-da
燙 ↔ 冰

많다 ↔ 적다
man-ta ↔ jeok-da
多 ↔ 少

한가하다 ↔ 바쁘다
han-ga-ha-da ↔ ba-ppeu-da
悠閒 ↔ 忙碌

두껍다 ↔ 얇다
du-kkeop-da ↔ yal-da
厚 ↔ 薄

18 必背單字 필수 암기 단어
pil-su am-gi da-neo

ㄱ

가격
ga-gyeok
價錢

가구
ga-gu
家具

가까이
ga-kka-i
靠近

가깝다
ga-kkap-da
近

가끔
ga-kkeum
偶爾

가난하다
ga-nan-ha-da
貧窮

가다
ga-da
去

가르치다
ga-reu-chi-da
教

가볍다
ga-byeop-da
輕

가사
ga-sa
歌詞

가입하다
ga-i-pa-da
加入

가장
ga-jang
最

가전제품
ga-jeon-je-pum
家電

가지다
ga-ji-da
擁有

각각
gak-gak
各自

간단하다
gan-dan-ha-da
簡單

간식
gan-sik
零食

갈아타다
ga-ra-ta-da
轉乘

감다
gam-da
洗（頭髮）

감동하다
gam-dong-ha-da
感動

갑자기
gap-ja-gi
突然

강
gang
江

강하다
gang-ha-da
強烈

같다
gat-da
相同

같이
ga-chi
一起

갚다
gap-da
還、報答

개학하다
gae-ha-ka-da
開學

거리
geo-ri
街、距離

거의
geo-ui
幾乎

걱정하다
geok-jeong-ha-da
擔心

건강하다
geon-gang-ha-da
健康

건너다
geon-neo-da
穿越

건물
geon-mul
建築

건조하다
geon-jo-ha-da
乾燥

걷다
geot-da
走路

걸다
geol-da
掛

겨우
gyeo-u
好不容易

결과
gyeol-gwa
結果

결정하다
gyeol-jeong-ha-da
決定

결혼식
gyeol-hon-sik
婚禮

경비실
gyeong-bi-sil
警衛室

경험
gyeong-heom
經驗

계산하다
gye-san-ha-da
結帳

계약하다
gye-ya-ka-da
簽約

계획을 세우다
gye-hoe-geul se-u-da
計畫

고기
go-gi
肉

고르다
go-reu-da
選

고민하다
go-min-ha-da
煩惱

고백하다
go-bae-ka-da
告白

고생하다
go-saeng-ha-da
辛苦、受苦

고장이 나다
go-jang-i na-da
故障

고향
go-hyang
故鄉

곧
got
即將

공부하다
gong-bu-ha-da
讀書

공사
gong-sa
施工

공연
gong-yeon
表演

공장
gong-jang
工廠

공휴일
gong-hyu-il
國定假日

과거
gwa-geo
過去

관객
gwan-gaek
觀眾

관광지
gwan-gwang-ji
觀光區

관심
gwan-sim
關心、興趣

광고
gwang-go
廣告

괜찮다
gwaen-chan-ta
沒關係

교통
gyo-tong
交通

교회
gyo-hoe
教會

구경하다
gu-gyeong-ha-da
逛

구입하다
gu-i-pa-da
購買

국적
guk-jeok
國籍

굵다 gul-da 粗	**굶다** gum-da 餓肚子	**궁금하다** gung-geum-ha-da 好奇
귀찮다 gui-chan-ta 懶惰	**그냥** geu-nyang 就	**그런데** geu-reon-de 可是
그럼 geu-reom 那麼	**그리고** geu-ri-go 然後	**그리다** geu-ri-da 畫
그만두다 geu-man-du-da 停止	**그치다** geu-chi-da 停	**극장** geuk-jang 劇場
글자 geul-ja 字	**금방** geum-bang 馬上	**기간** gi-gan 期間、期限
기계 gi-gye 機器	**기념일** gi-nyeo-mil 紀念日	**기념하다** gi-nyeom-ha-da 紀念
기다리다 gi-da-ri-da 等	**기대하다** gi-dae-ha-da 期待	**기분** gi-bun 心情
기억나다 gi-eong-na-da 想起	**기억에 남다** gi-eo-ge nam-da 印象深刻	**기회** gi-hoe 機會

길이 막히다
gi-ri ma-ki-da
塞車

까맣다
kka-ma-ta
漆黑

깨다
kkae-da
醒、打破

깨지다
kkae-ji-da
碎、破

꼬리
kko-ri
尾巴

꽃다발
kkot-da-bal
花束

꾸준히
kku-jun-hi
持續地

끄다
kkeu-da
關（電子產品）

끊다
kkeun-ta
掛斷、切斷

끓다
kkeul-ta
滾

끓이다
kkeu-ri-da
煮

끝나다
kkeun-na-da
結束

끝내다
kkeun-nae-da
完成

끼다
kki-da
戴

나누다
na-nu-da
分享

나쁘다
na-ppeu-da
壞

나이
na-i
年紀

날다
nal-da
飛

날마다
nal-ma-da
每天

날짜
nal-jja
日期

낡다
nak-da
老舊

남성
nam-seong
男性

낫다
nat-da
痊癒

낮다
nat-da
低

낮잠
nat-jam
午覺

낳다
na-ta
生（孩子）

내다
nae-da
繳交

내리다
nae-ri-da
下車

내용
nae-yong
內容

냄새
naem-sae
味道

너무
neo-mu
非常

넓다
neol-da
寬廣

넘다
neom-da
超過、超越

넘어지다
neo-meo-ji-da
跌倒

넣다
neo-ta
放進……裡

노력하다
no-ryeo-ka-da
努力

노인
no-in
老人

놀다
nol-da
玩

18 必背單字 필수 암기 단어 pil-su am-gi da-neo

높다
nop-da
高

놓다
no-ta
放置

놓치다
not-chi-da
錯過

누르다
nu-reu-da
按壓

눈물
nun-mul
眼淚

눕다
nup-da
躺

뉴스
nyu-seu
新聞

느끼다
neu-kki-da
感受

느낌
neu-kkim
感覺

늘
neul
總是

늘다
neul-da
增加

늙다
neuk-da
老

능력
neung-nyeok
能力

늦잠을 자다
neut-ja-meul ja-da
睡過頭

다니다
da-ni-da
來往

다르다
da-reu-da
不同

다시
da-si
再次

다양하다
da-yang-ha-da
多樣

닦다
dak-da
擦拭

단순하다
dan-sun-ha-da
單純

단어
da-neo
單字

단추
dan-chu
鈕扣

닫다
dat-da
關（門）

달걀
dal-gyal
雞蛋

닮다
dam-da
像

담배를 끊다
dam-bae-reul kkeun-ta
戒菸

담배를 피우다
dam-bae-reul pi-u-da
吸菸

답변
dap-byeon
回覆

답장
dap-jang
回信

당연히
dang-yeon-hi
當然

대답하다
dae-da-pa-da
回答

대부분
dae-bu-bun
大部分

대통령
dae-tong-ryeong
總統

대화
dae-hwa
對話

대회
dae-hoe
大會、比賽

데이트하다
de-i-teu-ha-da
約會

도둑이 들다
do-du-gi deul-da
遭小偷

도시
do-si
都市

도와주다 do-wa-ju-da 幫助	**도움** do-um 幫助	**도장** do-jang 印章
도착하다 do-cha-ka-da 抵達	**돈을 모으다** do-neul mo-eu-da 存錢	**돈을 벌다** do-neul beol-da 賺錢
돌다 dol-da 轉動	**돌리다** dol-li-da 使……轉動	**돕다** dop-da 幫助
동갑 dong-gap 同歲	**동네** dong-ne 社區	**동료** dong-nyo 同事
동아리 dong-a-ri 社團	**동영상** dong-yeong-sang 影片	**동호회** dong-ho-hoe 社團、同好會
두껍다 du-kkeop-da 厚	**드라마** deu-ra-ma 連續劇	**드리다** deu-ri-da 給
드시다 deu-si-da 吃、喝（敬語）	**듣다** deut-da 聽	**들다** deul-da 提、拿
들르다 deul-leu-da 順便去	**들리다** deul-li-da 聽到、聽得見	**등록금** deung-nok-geum 報名費、註冊費

등록하다
deung-no-ka-da
報名、登記

디자인
di-ja-in
設計

따다
tta-da
摘

땀
ttam
汗

때리다
ttae-ri-da
打

떠나다
tteo-na-da
離開

떠들다
tteo-deul-da
喧嘩

떡
tteok
年糕

떨다
tteol-da
發抖

떨어뜨리다
tteo-reo-tteu-ri-da
使掉落

떨어지다
tteo-reo-ji-da
掉落

또
tto
又

뛰다
ttwi-da
跑

뜨다
tteu-da
漂浮

ㄹ

라이터
la-i-teo
打火機

로봇
lo-bot
機器

룸메이트
lum-me-i-teu
室友

리본
li-bon
蝴蝶結

리터
li-teo
公升

리필
li-pil
續杯

리포트
li-po-teu
報告

ㅁ

마르다 ma-reu-da 瘦、乾	**마시다** ma-si-da 喝	**마음에 들다** ma-eu-me deul-da 合心意
마지막 ma-ji-mak 最後	**마찬가지** ma-chan-ga-ji 相同	**마치다** ma-chi-da 結束、完成
마침 ma-chim 剛好	**마침내** ma-chim-nae 終於	**만나다** man-na-da 見面
만들다 man-deul-da 製作	**만지다** man-ji-da 摸	**만화** man-hwa 漫畫
많다 man-ta 多	**맞다** mat-da 對、正確	**맞은편** ma-jeun-pyeon 對面
맡다 mat-da 擔任	**맡기다** mat-gi-da 委託、寄放	**말하다** mal-ha-da 說話
매표소 mae-pyo-so 售票處	**먹다** meok-da 吃	**먼저** meon-jeo 事先
멀다 meol-da 遠	**면접** myeon-jeop 面試	**명소** myeong-so 景點

명절
myeong-jeol
節日、節慶

명함
myeong-ham
名片

메시지
me-si-ji
訊息

모두
mo-du
全部

모르다
mo-reu-da
不知道

모래
mo-rae
沙子

모으다
mo-eu-da
蒐集

모이다
mo-i-da
聚集

모임
mo-im
聚會

모자라다
mo-ja-ra-da
不夠

목소리
mok-so-ri
嗓音、聲音

목표
mok-pyo
目標

몸
mom
身體

무료
mu-ryo
免費

무섭다
mu-seop-da
害怕

문의
mu-nui
詢問

문자
mun-ja
簡訊

문제가 있다
mun-je-ga it-da
有問題

문화
mun-hwa
文化

묻다
mut-da
問

물어보다
mu-reo-bo-da
問

미루다
mi-ru-da
拖延

미리
mi-ri
事先

미안하다
mi-an-ha-da
抱歉

미인
mi-in
美女

미치다
mi-chi-da
發瘋

미팅
mi-ting
聚會

믿다
mit-da
相信

ㅂ

바꾸다
ba-kku-da
換

바뀌다
ba-kkwi-da
被替換

바닥
ba-dak
地板

바라다
ba-ra-da
希望

바로
ba-ro
馬上

바르다
ba-reu-da
端正

바쁘다
ba-ppeu-da
忙碌

박스
bak-seu
箱子

반대
ban-dae
反對

반드시
ban-deu-si
一定

반말하다
ban-mal-ha-da
說半語

받다
bat-da
接

발음
ba-reum
發音

발전하다
bal-jeon-ha-da
發展

발표하다
bal-pyo-ha-da
發表

밟다
bap-da
踩

방금
bang-geum
剛剛

방문하다
bang-mun-ha-da
訪問

방법
bang-beop
方法

방송
bang-song
節目

방송국
bang-song-guk
電視台

방학
bang-hak
放假

방향
bang-hyang
方向

배고프다
bae-go-peu-da
肚子餓

배낭여행
bae-nang-yeo-haeng
自助旅遊

배달
bae-dal
送貨

배부르다
bae-bu-reu-da
肚子飽

배우다
bae-u-da
學習

배터리
bae-teo-ri
電池

버리다
beo-ri-da
丟掉

번역
beo-nyeok
翻譯

번호
beon-ho
號碼

벌다
beol-da
賺（錢）

벌써
beol-sseo
已經

벗다
beot-da
脫

변하다
byeon-ha-da
改變、變化

별로
byeol-lo
不太……

보관
bo-gwan
保管

보내다
bo-nae-da
寄

보다
bo-da
看

보이다
bo-i-da
看到、看得見

보통
bo-tong
普通、通常

보호
bo-ho
保護

복도
bok-do
走廊

복습하다
bok-seu-pa-da
複習

복잡하다
bok-ja-pa-da
複雜

부동산
bu-dong-san
不動產

부딪히다
bu-di-chi-da
碰撞

부드럽다
bu-deu-reop-da
溫柔

부럽다
bu-reop-da
羨慕

부르다
bu-reu-da
呼叫

부모님
bu-mo-nim
父母親

부자
bu-ja
富豪

부족하다
bu-jok-ka-da
不足

부지런하다
bu-ji-reon-ha-da
勤勞

부채
bu-chae
扇子

부치다
bu-chi-da
寄

부탁하다
bu-ta-ka-da
拜託

분실물
bun-sil-mul
遺失物

분위기
bu-nui-gi
氣氛

불이 나다
bu-ri na-da
失火

불편하다
bul-pyeon-ha-da
不舒服、不方便

불행하다
bul-haeng-ha-da
不幸

붙이다
bu-chi-da
黏貼

비다
bi-da
空

비밀
bi-mil
秘密

비슷하다
bi-seu-ta-da
相似、類似

비싸다
bi-ssa-da
貴

빌리다
bil-li-da
借

빠르다
ppa-reu-da
快

빠지다
ppa-ji-da
陷入

빨래하다
ppal-lae-ha-da
洗衣服

빨리
ppal-li
快地

빼다
ppae-da
除掉、排除

뽑다
ppop-da
拔

뿌리다
ppu-ri-da
灑

사고가 나다
sa-go-ga na-da
發生事故

사다
sa-da
買

사랑하다
sa-rang-ha-da
愛

사막
sa-mak
沙漠

사용하다
sa-yong-ha-da
使用

사은품
sa-eun-pum
贈品

사이즈
sa-i-jeu
尺寸

사전
sa-jeon
字典

살다
sal-da
住、活

상담하다
sang-dam-ha-da
諮詢、商談

상을 받다
sang-eul bat-da
得獎

상자
sang-ja
箱子

상품
sang-pum
商品

샤워하다
sya-wo-ha-da
洗澡

새롭다
sae-rop-da
嶄新的

생각이 나다
saeng-ga-gi na-da
想起來

생각하다
saeng-ga-ka-da
想

생기다
saeng-gi-da
產生

생일
saeng-il
生日

생활비
saeng-hwal-bi
生活費

서다
seo-da
站

서두르다
seo-du-reu-da
趕緊

서랍
seo-rap
抽屜

서로
seo-ro
彼此

섞다
seok-da
混合

선물하다
seon-mul-ha-da
送禮

선배
seon-bae
前輩

설날
seol-lal
過年

성공
seong-gong
成功

성묘하다
seong-myo-ha-da
掃墓

성적
seong-jeok
成績

설명하다
seol-myeong-ha-da
說明

성명
seong-myeong
姓名

성별
seong-byeol
性別

세다
se-da
強烈

세배하다
se-bae-ha-da
拜年

세상
se-sang
世界

세우다
se-u-da
停靠

세일
se-il
打折、折扣

소개팅
so-gae-ting
一對一聯誼

소개하다
so-gae-ha-da
介紹

소리
so-ri
聲音

소문
so-mun
消息

소설책
so-seol-chaek
小說

소원을 빌다
so-wo-neul bil-da
許願

소중하다
so-jung-ha-da
珍惜、珍貴

손님
son-nim
客人

솔직하다
sol-ji-ka-da
老實

송이
song-i
朵（量詞）

수량
su-ryang
數量

수리
su-ri
修理

수업
su-eop
課程、上課

숙소
suk-so
住處

숙제하다
suk-je-ha-da
寫作業

순서
sun-seo
順序

쉬다
swi-da
休息

습관
seup-gwan
習慣

시간
si-gan
時間

시골
si-gol
鄉下

시끄럽다
si-kkeu-reop-da
吵雜

시작하다
si-ja-ka-da
開始

시청
si-cheong
市政府

시키다
si-ki-da
指使、點餐

시합
si-hap
比賽

시험을 보다
si-heo-meul bo-da
考試

식다
sik-da
涼

식비
sik-bi
餐費

식사하다
sik-sa-ha-da
用餐

신고하다
sin-go-ha-da
申報、報案

신다
sin-da
穿（鞋子）

신분증
sin-bun-jeung
身分證

신선하다
sin-seon-ha-da
新鮮

신청하다
sin-cheong-ha-da
申請

신혼여행
sin-hon-nyeo-haeng
度蜜月

싣다
sit-da
裝載

실내
sil-lae
室內

실력이 늘다
sil-lyeo-gi neul-da
進步

실수하다
sil-su-ha-da
失誤

실패하다
sil-pae-ha-da
失敗

싫다
sil-ta
討厭、不喜歡

싫어하다
si-reo-ha-da
討厭、不喜歡

심심하다
sim-sim-ha-da
無聊

싱싱하다
sing-sing-ha-da
新鮮

싶다
sip-da
想要

씻다
ssit-da
洗

싸다
ssa-da
便宜、包

싸우다
ssa-u-da
吵架

쏟다
ssot-da
灑

쓰다
sseu-da
寫、戴、苦、使用

씩씩하다
ssik-ssi-ka-da
勇敢

아기
a-gi
嬰兒

아까
a-kka
剛剛

아끼다
a-kki-da
愛惜

아름답다
a-reum-dap-da
美麗

아마
a-ma
應該

아쉽다
a-swip-da
可惜

아이
a-i
小孩

아주
a-ju
非常

아줌마
a-jum-ma
大嬸

아직
a-jik
還……

악기
ak-gi
樂器

안내
an-nae
導引

앉다
an-da
坐

알다
al-da
知道

알람
al-lam
鬧鐘

알맞다
al-mat-da
合適

알아보다
a-ra-bo-da
認得出來、打聽

야단을 맞다
ya-da-neul mat-da
被責罵

약속하다
yak-so-ka-da
約束

약하다
ya-ka-da
弱

얇다
yal-da
薄

양력
yang-nyeok
陽曆

어둡다
eo-dup-da
暗

어떻다
eo-tteo-ta
如何

어른
eo-reun
大人

어젯밤
eo-jet-bam
昨晚

언어
eo-neo
語言

언어교육원
eo-neo-gyo-yu-gwon
語言教育院

언제나
eon-je-na
總是

얼다
eol-da
凍

없다
eop-da
沒有

여기
yeo-gi
這裡

여성
yeo-seong
女性

여행사
yeo-haeng-sa
旅行社

역사
yeok-sa
歷史

연극
yeon-geuk
話劇

연락처
yeol-lak-cheo
聯絡方式

연락하다
yeol-la-ka-da
聯絡

연봉
yeon-bong
年薪

연습실
yeon-seup-sil
練習室

연습하다
yeon-seu-pa-da
練習

연인
yeo-nin
戀人

연휴
yeon-hyu
連假

열다
yeol-da
開(門)

열심히
yeol-sim-hi
認真地

영업
yeong-eop
營業

영향
yeong-hyang
影響

예매하다
ye-mae-ha-da
訂票

예방하다
ye-bang-ha-da
預防

예쁘다
ye-ppeu-da
漂亮

예약하다
ye-ya-ka-da
預約

예절
ye-jeol
禮儀

오다
o-da
來

오래되다
o-rae-doe-da
悠久

오르다
o-reu-da
上升

오해하다
o-hae-ha-da
誤會

온천
on-cheon
溫泉

옳다
ol-ta
正確

완전히
wan-jeon-hi
完全地

외국어
oe-gu-geo
外文

외국인
oe-gu-gin
外國人

외국인등록증
oe-gu-gin-deung-nok-jeung
居留證

외롭다
oe-rop-da
孤單

외모
oe-mo
外貌

외식
oe-sik
外食

외우다
oe-u-da
背

외출하다
oe-chul-ha-da
外出

요금
yo-geum
費用

요즘
yo-jeum
最近

우리
u-ri
我們

우선
u-seon
首先

우표
u-pyo
郵票

운동장
un-dong-jang
運動場

운전하다
un-jeon-ha-da
開車

울다
ul-da
哭

움직이다
um-ji-gi-da
動

웃다
ut-da
笑

위험하다
wi-heom-ha-da
危險

유명하다
yu-myeong-ha-da
有名

유학하다
yu-ha-ka-da
留學

유행하다
yu-haeng-ha-da
流行

음력
eum-nyeok
農曆

음식
eum-sik
食物

음악
eu-mak
音樂

음악회
eu-ma-koe
音樂會

의미
ui-mi
意義

이기다
i-gi-da
贏

이따가
i-tta-ga
等一下

이루다
i-ru-da
實現

이름
i-reum
名字

이메일
i-me-il
電子郵件

이사하다
i-sa-ha-da
搬家

이상하다
i-sang-ha-da
奇怪

이야기하다
i-ya-gi-ha-da
說話

이어폰
i-eo-pon
耳機

이유
i-yu
理由

인기
in-gi
人氣

인사하다
in-sa-ha-da
打招呼

인상
in-sang
印象、上漲

인생
in-saeng
人生

인터넷
in-teo-net
網路

인터뷰
in-teo-byu
採訪

인하
in-ha
降低、下降

일기 예보
il-gi ye-bo
氣象預報

일찍
il-jjik
早地

일하다
il-ha-da
工作

읽다
ik-da
閱讀

잃어버리다
i-reo-beo-ri-da
遺失

입국하다
ip-gu-ka-da
入境

입금하다
ip-geum-ha-da
存款

입다
ip-da
穿

입학식
i-pak-sik
入學典禮

있다
it-da
有、在

잊다
it-da
忘記

ㅈ

자다 ja-da 睡覺	**자꾸** ja-kku 一直	**자라다** ja-ra-da 生長、成長
자르다 ja-reu-da 剪	**자리** ja-ri 位子、座位	**자세하다** ja-se-ha-da 詳細
자주 ja-ju 常常	**작가** jak-ga 作家	**작다** jak-da 小
잔소리 jan-so-ri 嘮叨	**잘되다** jal-doe-da 順利	**잘하다** jal-ha-da 擅長
잠이 들다 ja-mi deul-da 睡著	**잡다** jap-da 抓	**장난감** jang-nan-gam 玩具
장을 보다 jang-eul bo-da 買食材	**장점** jang-jeom 優點	**장학금** jang-hak-geum 獎學金
재료 jae-ryo 材料	**저기** jeo-gi 那裡	**저축하다** jeo-chu-ka-da 儲蓄
적다 jeok-da 少	**적당하다** jeok-dang-ha-da 適當	**전기** jeon-gi 電氣、電力

전부 jeon-bu 全部	**전시회** jeon-si-hoe 展覽會	**전자사전** jeon-ja-sa-jeon 電子字典
전통 jeon-tong 傳統	**전하다** jeon-ha-da 傳達	**전혀** jeon-hyeo 完全（不）
전화를 걸다 jeon-hwa-reul geol-da 打電話	**전화를 끊다** jeon-hwa-reul kkeun-ta 掛電話	**전화를 받다** jeon-hwa-reul bat-da 接電話
전화번호 jeon-hwa-beon-ho 電話號碼	**절약하다** jeo-rya-ka-da 節省	**젊다** jeom-da 年輕
점수 jeom-su 分數	**점점** jeom-jeom 漸漸	**접수하다** jeop-su-ha-da 報名、註冊
접시 jeop-si 碟子	**정리하다** jeong-ni-ha-da 整理	**정문** jeong-mun 正門
정보 jeong-bo 資訊	**정확하다** jeong-hwa-ka-da 正確	**제목** je-mok 題目
제일 je-il 最	**조건** jo-geon 條件	**조금** jo-geum 一點點

18 必背單字 필수 암기 단어 pil-su am-gi da-neo

조언
jo-eon
建議

조심하다
jo-sim-ha-da
小心

조용하다
jo-yong-ha-da
安靜

존경하다
jon-gyeong-ha-da
尊敬

졸다
jol-da
打瞌睡

졸업식
jo-reop-sik
畢業典禮

졸업하다
jo-reo-pa-da
畢業

종교
jong-gyo
宗教

종류
jong-nyu
種類

좋다
jo-ta
好、喜歡

좋아하다
jo-a-ha-da
喜歡

좌석
jwa-seok
座位

주다
ju-da
給

주머니
ju-meo-ni
口袋

주문하다
ju-mun-ha-da
點餐

주소
ju-so
地址

주의하다
ju-ui-ha-da
注意

주차하다
ju-cha-ha-da
停車

준비하다
jun-bi-ha-da
準備

줄다
jul-da
減少

중요하다
jung-yo-ha-da
重要

즐겁다
jeul-geop-da
快樂

지각하다
ji-ga-ka-da
遲到

지금
ji-geum
現在

지나가다
ji-na-ga-da
經過

지내다
ji-nae-da
度過

지다
ji-da
輸

지키다
ji-ki-da
守護、遵守

지하
ji-ha
地下

직접
jik-jeop
親自、直接

직원
ji-gwon
職員

질문하다
jil-mun-ha-da
提問

집안일하다
ji-ban-nil-ha-da
做家事

집중하다
jip-jung-ha-da
集中、專注

짓다
jit-da
蓋（房子）、取名

짜증이 나다
jja-jeung-i na-da
煩躁

짧다
jjal-da
短

찢다
jjit-da
撕開

차다
cha-da
冰

차이
cha-i
差異

참가하다
cham-ga-ha-da
參加

참다
cham-da
忍

참석하다
cham-seo-ka-da
參加

창피하다
chang-pi-ha-da
丟臉

찾다
chat-da
找

처음
cheo-eum
初次

천천히
cheon-cheon-hi
慢慢地

첫인상
cheo-din-sang
第一印象

청소년
cheong-so-nyeon
青少年

청소하다
cheong-so-ha-da
打掃

체험
che-heom
體驗

초대장
cho-dae-jang
邀請函

초대하다
cho-dae-ha-da
邀請

촬영
chwa-ryeong
攝影

추억
chu-eok
回憶

추천하다
chu-cheon-ha-da
推薦

축제
chuk-je
慶典

출발하다
chul-bal-ha-da
出發

출장을 가다
chul-jang-eul ga-da
出差

충분하다
chung-bun-ha-da
充分

충전기
chung-jeon-gi
充電器

충전하다
chung-jeon-ha-da
充電

취미
chwi-mi
興趣

치다
chi-da
打、彈

친구
chin-gu
朋友

친하다
chin-ha-da
熟悉

칭찬하다
ching-chan-ha-da
稱讚

ㅋ

카메라
ka-me-ra
相機

컴퓨터하다
keom-pyu-teo-ha-da
使用電腦

켜다
kyeo-da
開（電子產品）

콘서트
kon-seo-teu
演唱會

퀴즈
kwi-jeu
猜謎

크기
keu-gi
大小

크리스마스
keu-ri-seu-ma-seu
聖誕節

키가 크다
ki-ga keu-da
個子高

쿠키
ku-ki
餅乾

ㅌ

타다
ta-da
搭乘

택배
taek-bae
宅配

틀리다
teul-li-da
錯、不對

태권도
tae-gwon-do
跆拳道

통역사
tong-yeok-sa
口譯人員

통역하다
tong-yeo-ka-da
口譯

통장
tong-jang
存摺

통화하다
tong-hwa-ha-da
通話

퇴근하다
toe-geun-ha-da
下班

투표
tu-pyo
投票

특별하다
teuk-byeol-ha-da
特別

특히
teu-ki
尤其是

튼튼하다
teun-teun-ha-da
堅固、牢固

ㅍ

파마하다
pa-ma-ha-da
燙髮

파티
pa-ti
派對

팔다
pal-da
賣

펴다
pyeo-da
展開、打開

편지
pyeon-ji
信

편리하다
pyeol-li-ha-da
方便

편안하다
pyeo-nan-ha-da
舒適、舒服

평소
pyeong-so
平常

평일
pyeong-il
平日

포기하다
po-gi-ha-da
放棄

폭포
pok-po
瀑布

표
pyo
票

표지판
pyo-ji-pan
標示牌

표현하다
pyo-hyeon-ha-da
表達

풀다
pul-da
解開

풍선
pung-seon
氣球

프러포즈하다
peu-reo-po-jeu-ha-da
求婚

프로그램
peu-ro-geu-raem
節目

피곤하다
pi-gon-ha-da
疲勞

피하다
pi-ha-da
躲開

필요하다
pi-ryo-ha-da
需要

ㅎ

하루
ha-ru
一天

하지만
ha-ji-man
但是

학비
hak-bi
學費

학원
ha-gwon
補習班

한가하다
han-ga-ha-da
悠閒

한글
han-geul
韓文字

한복
han-bok
韓服

한자
han-ja
漢字

할인
ha-rin
折扣

함께
ham-kke
一起

항공권
hang-gong-gwon
機票

항상
hang-sang
總是

해결하다
hae-gyeol-ha-da
解決

해산물
hae-san-mul
海鮮

해외
hae-oe
海外

헹구다
heng-gu-da
漱口、沖洗

향수
hyang-su
香水

혼나다
hon-na-da
被責罵

혼자
hon-ja
獨自、一個人

화분
hwa-bun
花盆

화산
hwa-san
火山

화해하다
hwa-hae-ha-da
和解、和好

환불하다
hwan-bul-ha-da
退款、退貨

환율
hwa-nyul
匯率

황당하다
hwang-dang-ha-da
荒唐

회의하다
hoe-i-ha-da
開會

후배
hu-bae
後輩

후회하다
hu-hoe-ha-da
後悔

훨씬
hwol-ssin
更

휴가
hyu-ga
休假

휴대 전화
hyu-dae jeon-hwa
手機

휴식
hyu-sik
休息

휴일
hyu-il
假日

힘들다
him-deul-da
累

흐르다
heu-reu-da
流

흔들다
heun-deul-da
搖動

國家圖書館出版品預行編目（CIP）資料

圖解韓語基本2000字/郭修蓉著. -- 初版. -- 臺中市：晨星
出版有限公司，2021.11
　　208面；16.5×22.5公分. -- (語言學習；21)
　　ISBN 978-626-7009-99-4(平裝)

1.韓語 2.詞彙

　803.22　　　　　　　　110016243

語言學習 21

圖解韓語基本2000字

作者	郭修蓉 Jessica Guo
編輯	余順琪
封面設計	耶麗米工作室
美術編輯	陳淑瑩

創辦人	陳銘民
發行所	晨星出版有限公司
	407台中市西屯區工業30路1號1樓
	TEL：04-23595820　FAX：04-23550581
	E-mail：service-taipei@morningstar.com.tw
	http://star.morningstar.com.tw
	行政院新聞局局版台業字第2500號
法律顧問	陳思成律師
初版	西元2021年11月01日

線上讀者回函

讀者服務專線	TEL：02-23672044 / 04-23595819#230
讀者傳真專線	FAX：02-23635741 / 04-23595493
讀者專用信箱	service@morningstar.com.tw
網路書店	http://www.morningstar.com.tw
郵政劃撥	15060393（知己圖書股份有限公司）
印刷	上好印刷股份有限公司

定價 320 元
（如書籍有缺頁或破損，請寄回更換）
ISBN：978-626-7009-99-4

Published by Morning Star Publishing Inc.
Printed in Taiwan
All rights reserved.

| 最新、最快、最實用的第一手資訊都在這裡 |